KB007320

# 좋아하는 일을 찾는다

50 DAI KARA JINSEI O TANOSHIMU IKIKATA
by SAITO Shigeta
Copyright ⓒ2007 by SAITO Shigeta
All rights reserved.
Korean translation rights arranged with KK BESTSELLERS, INC., Japan
through THE SAKAI AGENCY and Gaon Agency, Seoul
Korean translation copyright ⓒ 2008 by RISU PUBLISHING CO.

이 책의 한국어판 저작권은 THE SAKAI AGENCY와 가온 에이전시를 통한
KK BESTSELLERS, INC.와의 독점 계약으로 도서출판리수에 있습니다.
저작권법에 의해 한국 내에서 보호받는 저작물이므로 무단 전재와 무단 복제를 금합니다.

# 차례

**3부** 결심을 오래 지속시키는 비결

**4부** 관계에 대하여

**5부** 몸과 마음을 젊게 유지하는 삶의 방식

**마음에 틈이 생겼을 때**

1부

나를 위해 무엇을 할 것인가

# 뭐 나만 나이 먹나

요즘 50대는 아직 젊다. 예전에는 50대라고 하면 인생의 종착역에 와 있다는 인식이 강했지만 평균 수명이 80대를 넘어서고 90대에도 건강한 노인이 많은 요즘의 50대는 예전의 30대 즉 장년기라고 말해도 될 만큼 젊다.

하지만 50대는 자신의 인생이 빤히 보이면서 불안해지는 시기이기도 하다. 젊었을 때부터 해온 일의 공백을 메우느라 몸 상태가 나빠지기도 한다. 몸 상태가 나쁘면 정신적으로도 불안해진다. 여성에게 갱년기가 있듯이 남성에게도 체력의 분기점이 있다.

여성의 경우에는 폐경이라는 확실한 사인이 있지만 남성의 경우에는 여성과 같은 명확한 사인이 없다. 여성에게 갱년기가 있어 이로써 아이를 낳는 성적 역할이 끝나고 육아라는 중압감에서 완전히 해방되는 것처럼, 남성도 50대가 되면 아이를 낳아 키우는 생물적인 역할에서 해방된다.

인간 이외의 생명체를 보면 새끼를 낳자마자 죽는 곤충이 있는가 하면 일정 기간 어미가 키우는 포유류처럼 어느 정도 오래 사는 생명체도 있다. 인간이 생명체로서 어느 정도 오래 사는 것은 그런 자연의 섭리가 작용하고 있기 때문이다.

50세 전후에 죽던 과거에는 인간도 분명 아이가 어느 정도 자랄 때까지 생명체로서의 사명과 역할에만 집중했었다. 하지만 의학을 진보시키고 생활 환경을 개선하여 장수할 수 있게 되었다. 그렇게 되자 자기 자식을 다 키우고 손자까지 보는 등 생명체로서의 사명을 끝내고 나서도 인생을 마음껏 즐길 수 있게 되었다.

그 전환점이 여성에게 있어서는 갱년기이며 남성에게 있어서는 몸 상태에 변화가 생기는 50대이다. 그것은 노화의 조짐이기도 하지만 현대인에게 있어서는 다시 한 번 새로운 인생을 만들어낼 수 있는 기회가 될 수도 있다.

지금까지와 같은 무리가 통하지 않게 된 것을 부정적으로만 받아들이지 말고 '몸을 좀 돌보면서 할 일을 하라' 는 사인으로 받아들이면 된다.

또한 앞에서도 말한 것처럼 요즘 50대는 옛날의 30대에 필적할 만큼 젊디젊다. 신체적으로도 젊으며 정신적으로도 젊다. 인생의 중심이 일이었다는 점을 감안하면 정년을 맞이해 불안을 느낄 수도 있다. 그러나 그렇게 부정적으로 얽매일 필요는 없다. 일뿐이었던 인생에서 폭넓은 인생으로 진입하는 전환기라고 긍정적으로 50대를 생각하면 된다. 정말로 50대부터의 인생이야말로 전인적인 인생을 살아갈 수 있는 시기이다.

## 쉬고 싶으면 쉬고, 일하고 싶으면 일하는 거지

50대 초반까지는 아직 일에 집중하는 시기이다. 이때에는 정년이 되어 일이 없어지면 어떻게 할지 생각할 여유도 없으며 또 그런 것을 생각지도 않는다.

그러나 50대 후반이 되면 역시 앞날이 뇌리에서 떠나지 않게 된다. 정년 후에는 일에서 완전히 벗어나 유유자적하게 여행과 취미를 즐기고 싶다고 생각하는 사람도 있을 것이고, 가능하면 할 수 있는 한 일을 해서 평생 현역으로 지내길 바라는 사람도 있을 것이다. 또 연금만으로 생활하기에는 힘이 들어 어쩔 수 없이 일을 해야만 하는 사람도 있을 것이다. 각자 사정도 다르고 하고 싶은 일도 다르다.

나는 지금 86세인데 일주일 중에 화요일 수요일 이틀 동안 병원에서 진료하고 있다. 진료 시간은 아침부터 오후 3시까지인데 점심을 거르고 일한다. 진료가 없는 날에는 각종 모임이나 강연회 등에 참석한다. 일주일 중 집에 하루 종일 있는 날은 거의 없지만 그런 날에는 집필 활동을 한다.

이런 나의 생활을 '평생 현역으로 일하고 있으니 부럽다'고 생각할 사람도 있을 것이고, 그렇게 생각하지 않는 사람도 있을 것이다. 나는 일 중독자라서 여가가 있으면 주체하지 못한다.

나에게는 다행히 정년이 없다. 그러나 대부분의 사람들은 좋든 싫든 60세 전후에 정년을 맞이하여 그때까지 일해왔던 직장을 떠나게 된다. 그 후에 일을 계속한다고 해도 고문 자격으로 관련 회사에서 65세까지 일하는 경우가 대부분이다.

50대가 되면 정년 후에 어떤 생활을 하고 싶은지 대강의 밑그림을 그려둘 필요가 있다. 그때까지 전혀 그런 것을 생각하지 않고 있다가 정년을 맞이하면 갑자기 매일매일 일요일이 되어 어떻게 하루하루를 지내야 할지 당황하게 된다. 그때 가서 막상 취미를 가지려고 하면 대체 무엇을 해야 좋을지 모르게 된다. 또 정년 후에까지 일한다 해도 60대 중반까지 일하는 것이 일반적이다. 그 후에도 계속 건강하게 일할 수 있는 사람이 많기 때문에 일을 계속하고 싶은 사람은 더 일할 수 있는 다른 곳을 찾아야 한다.

각 세대의 자녀수가 감소하고 고령화가 한층 더 진행되면 고령자가 더욱더 일을 하지 않으면 안 되는 사회가 도래할 것이다. 그러면 평생 현역으로 일하는 환경이 갖추어질 것이고 또 그렇게 되지 않으면 사회적으로도 곤란한 상황이 벌어질 것이다. 물론 일에서 벗어나 유유자적하게 생활하고 싶은 사람에게는 그런 생활을 가능하게 하는 사회 보장도 필요하다.

다만 어떻게 생활해나가든지 간에 60세 이후에도 어떤 형태로든 사회에 참여할 수 있는 시스템이 필요하고 또 스스로도 밖으로 나가려는 의욕을 가져야 한다.

사회에 참여한다고 해서 그것이 꼭 일을 하라는 것만은 아니다. 거북하고 딱딱하게 생각할 필요는 없다. 자기가 사는 동네 자치회에서 자원 봉사 활동을 해도 좋고 취미를 통한 동아리 활동을 해도 좋다. 취미와 여가 활동을 하며 밖으로 나가 사람들과 교제하는 것이 중요한다.

50대가 되면 자신이 앞으로 어떤 생활을 하고 싶은지 확실히 해둘 필요가 있다. 취미를 가지고 유유자적하게 살아가려고 해도 정년이 되고 나서 자신이 하고 싶은 일을 찾는 것은 상당히 어려운 일이다. 정년 이후에는 마음껏 그림을 그리고 싶다고 생각했다면 정년이 되고 나서가 아니라 50대부터 슬슬 시작해둘 필요가 있다. 피아노가 치고 싶었다면 이 또한 50대부터 조금씩 시작해두면 좋다. 정년이 되어 여가가 생기면 시작하겠다고 해도 막상 여가가 생기면 이미 의욕이 상실되고 말아 무엇을 해야 좋을지 모르게 되기도 한다.

취미든 스포츠든 여행이든 60세가 되면 혹은 65세가 되면 하겠다고 생각할 것이 아니라 해보고 싶은 의욕이 솟아나고 있는 지금 시작해보는 게 좋다. 새로운 일에 대한 도전도 마찬가지이다. 지금부터 시작해보라.

퇴직금을 목돈으로 받기 때문에 조기 퇴직을 하여 생활이 된다면 하루라도 빨리 여행과 취미를 즐기며 유유자적한 생활을 하는 것도 하나의 방법이다. 혹은 퇴직금을 자금화하여 무슨 장사든 시작해보는 것도 또 하나의 방법이다.

그러나 애초에 장사를 하고 싶다는 계획하에 계속 그 방면으로 구상해왔다면 몰라도, 퇴직금이 생겼다고 해서 지금까지 해온 일과는 전혀 다른 분야의 장사를 갑자기 시작하면 좀처럼 성공하기가 쉽지 않다. 역시 준비가 필요하다.

가능한 한 50대가 되면 앞으로 어떤 인생을 살아가고 싶은지 조금씩 명확하게 해둘 필요가 있다. 어떤 인생이라도 좋다. 그 사람이 '이렇게 살고 싶다'는 비전을 가지는 것이 중요하다. 그리고 50대 후반이 되면 조금씩 그 비전을 향해 준비해가면 된다.

50대는 60세 이후의 인생을 개척해가기 위한 준비 기간이자 도약 기간이다.

## 앞만 보지 말고

50대는 그때까지의 인생을 곰곰이 돌이켜보며 다시 일어서고 싶다는 의욕이 생기면 그렇게 할 수 있는 '기회의 시기'이기도 하다. 황혼 이혼으로 치닫는 여성이 있는 것처럼 말이다.

50대 여성의 경우 그때까지 전업 주부였다면 아이에게 손이 덜 가게 되어 아르바이트를 하거나 동호회에 참석하는 등 사회에 나가서 자신을 되돌아볼 여유도 생긴다.

그 결과 자극을 받아 그때까지 자신의 인생은 육아와 가사에 쫓겨 왔고 남편과의 관계도 원만하지 않았다고 생각해 경우에 따라서는 이혼하여 자신의 인생을 되찾으려는 사람도 있다.

그러나 남성의 경우 일에 쫓기다보면 그런 것을 생각할 여유가 없다. 50대 초반까지는 특히 그렇다. 그러나 바쁜 와중에도 조금씩 그런 것을 생각하지 않으면 안 된다.

언젠가는 지금 하는 일에서 멀어져야 하는 시기가 온다. 일 이외에 아무 취미도 없이 회사밖에 모르는 사람은 일이 없는 자신의 인생이 어떤 것인지를 정확히 생각해보아야 한다.

50대가 되면 조금씩 회사와 일에 대한 자세를 재검토해볼 필요가 있다. 그때까지 오직 회사만을 위해 일해왔던 사람일수록 더욱더 그럴 필요가 있다. 요컨대 그때까지는 초고속 기어에 놓고 전속력으로 계속 달려왔으니 이제는 기어를 변속하여 속도를 줄이라는 것이다. 조금 여유를 가지고 지금 하고 있는 일과 가정사와 자신이 하고 싶은 일을 생각해보는 것이다.

그러나 체력이 저하되고 기력이 떨어진다는 것을 스스로 조금씩 느끼기 시작하면 오히려 그런 자신을 인정하고 싶지 않아서 더욱더 무리하여 일에 몰두하기 쉽다. 그렇게 되면 일로 도피하는 결과가 된다.

회사에서 일만 하다 인생을 끝내서는 안 된다. 이 시기일수록 회사에 매여 있는 인생으로부터 자신을 되찾아 자신의 인생 설계를 다시 하지 않으면 안 된다.

그렇다고 해서 일을 소홀히 하라는 것은 아니다. 오히려 조금 여유를 가지고 일에 임하면 일의 능률도 오르게 된다. 일도 인생의 일부에 지나지 않는다는 인식을 가져야 한다.

일을 하지 않으면 꼭 취미를 가져야 한다고 조급하게 행동하는 것도 금물이다. 곰곰이 자신이 하고 싶은 일을 생각하고 앞으로의 인생에서 무엇을 중심으로 삼고 살아갈지 생각해보도록 한다.

그래, 사정이 있으면 못할 수도 있어

이노우 다다다카伊能忠敬(1745~1818년)라는 지리학자의 이야기이다. 그는 18세 때 이노우 가문의 양자로 들어가서 몰락하고 있던 이노우가의 가업인 양조업과 쌀 거래를 다시 일으켜세우고 50세에 은퇴하였다. 그는 천문 관측을 좋아하여 언젠가는 그것에 몰두하고 싶다는 꿈을 가지고 있었다.

그는 가업을 다시 일으켜 세우기 위해서 50세까지 온 힘을 다해 일했다. 그리고 50세가 지나자 안심하고 아들에게 가업을 맡겼다.

그는 은퇴한 50세 때 다카하시 요시도키高橋至時의 문하에 들어가 천문학, 역학, 측량을 본격적으로 배우고, 55세 때 북해도 남동 해안을 측량하고, 이후 18년에 걸쳐 일본 전국의 연안을 측량하며 걸어다녔다. 일본 전도를 만들다 병으로 쓰러져 72세에 죽었다. 그가 55세부터 72세에 걸쳐 측량한 일수는 3737일에 이르며 측량 거리도 4만 킬로미터나 되었다.

그는 50세까지는 가업에 전념하다 아들에게 가업을 맡기고, 은퇴하고 나서는 어릴 때부터 동경해오던 천체 관측과 측량 공부를 본격적으로 하였다. 정년 후에 비로소 어릴 때부터 좋아했던 것을 본격적으로 시작하여 그야말로 획기적인 업적을 이룬 것이다.

트로이의 유적을 발굴한 독일의 슐리만Schliemann Heinrich (1822~1890년) 또한 어릴적 꿈을 뒤늦게 이뤄낸 인물이다. 슐리만은 8살 무렵 아버지로부터 호메로스의 서사시 《일리아드》에 나오는 트로이 전쟁 이야기에 완전히 매료되었다. 그는 고대 도시 트로이가 실제로 존재한다는 것을 믿고 그것을 발굴하려고 결심했다.

트로이로 끌려간 그리스의 미녀 헬레네를 되찾기 위해서 아가멤논을 총대장으로 한 그리스 군이 트로이 성을 공격하는 것에서 시작된 트로이 전쟁은 10년이나 계속되었는데, 《일리아드》에는 10년째 되는 해에 트로이 성이 불타며 함락당하는 마지막 수십 일 간의 일이 묘사되어 있다.

슐리만은 가난한 목사의 아들로 태어났기 때문에 중학교 교육을 받은 후 잡화점 점원과 선원, 회사원 등 여러 직장을 전전하게 된다. 만약 그가 유복한 가정에서 태어났다면 학교를 졸업하고 바로 고고학자가 되었을 것이다. 그러나 그의 경우도 이노우 다다다카와 마찬가지로 처음부터 자신이 좋아하는 길로 들어설 수 없는 처지였다.

그의 전반기 인생은 고고학자로서의 인생 후반을 위한 준비 기간이었다. 수입의 대부분을 털어서 언어 습득을 위해 썼다. 그가 익힌 언어들은 네덜란드어, 스페인어, 프랑스어, 이탈리아어, 포르투갈어, 러시아어였으며 마지막 마무리로서 34세부터 현대 그리스어를 배우기 시작해 그 후 고대 그리스어도 읽을 수 있게 되었다. 그는 최종적으로는 18개국 언어를 자유롭게 구사할 수 있는 어학의 천재이기도 했는데 그렇게까지 그를 공부하도록 이끈 것은 트로이를 발굴하겠다는 꿈과 정열이었다.

또 일에 있어서도 러시아에서 상인으로 성공하여 41세 때 막대한 재산을 모았다. 언어 습득도 일에서의 성공도 그에게는 하고 싶은 일을 하기 위한 수단이었다. 그 후 파리에 잠시 정착하며 자력으로 트로이를 발굴하기 위해서 고고학 연구에 몰두하였다.

1871년 그때까지의 학회의 통설과 어긋나는 히사를리크 언덕이 트로이라고 믿고 그는 그 언덕의 발굴에 도전했다. 그 결과 단단하고 견고한 성벽과 복잡하게 겹쳐 있는 많은 건축물, 금세공을 비롯한 멋진 보물들이 발굴되었다. 그야말로 전설의 도시가 실제로 존재한다는 것을 스스로의 힘으로 밝혀낸 것이다.

슐리만은 어릴 적 꿈을 실현시키기 위해서 인생의 전반부를 그 준비에 걸었다고 말할 수 있다. 그에 비해 이노우 다다다카는 가업을 위해 자신의 꿈을 잠시 버렸다. 가업을 다시 일으켜 세우고 자신이 없어도 가업이 유지될 수 있도록 만들어놓은 다음 은퇴하여 좋아하는 길로 들어섰다.

이 두 사람은 자신의 꿈이나 좋아하는 길이 어릴 적부터 분명했다. 그러나 사정이 있어 바로 그 길에 들어서지 못했다. 그렇다고 해서 낙심하지 않았으며 일에 매진했다. 결국은 그것이 다음 단계의 토대가 되었다. 그렇게 생각하면 60세가 되어도 자신의 꿈만 가지고 있다면 그 꿈을 충분히 실현시킬 수 있다. 두 사람의 삶의 방식은 그런 격려를 우리에게 보여준다.

## 그래도 후회하고 싶지는 않아

아무리 해봐야 도저히 슐리만과 이노우 다다다카처럼 어릴 적의 꿈과 동경을 계속 간직할 수 없다고 생각하는 사람도 있을 것이다. 혹은 그만큼 강렬하게 하고 싶은 일을 마음에 품어본 적이 없다고 말하는 사람도 있을 것이다.

그러나 아주 평범한 샐러리맨이 정년 후에 어느 문학상 신인상에 응모해서 입선한 것이 화제가 된 적이 있다. 그런 사람은 여러 작품을 계속 써서 꼭 작가로서의 지위를 확립하지 못할 수도 있다. 설령 글 쓰는 일이 그 사람의 직업이 되지 않아도 상관없다. 이전부터 소설을 쓰고 싶다고 생각했다면 일단 완성해보라. 응모해보아도 좋고 혹은 자가 출판을 해서 책을 내어도 좋다.

만약 '사실은 소설가가 되고 싶었다'는 등 무언가가 되고 싶었던 마음이 조금이라도 있었다면 '결국 평범한 샐러리맨으로 끝나고 말았다'며 자신의 인생을 결말짓지 말고 마지막까지 도전해보는 것이 좋다.

50대는 그런 의미에서 자신의 인생을 후회가 남지 않는 인생으로 만들기 위한 전환점이라고 말할 수 있다.

'사실은 무엇을 하고 싶었는지' 그리고 '앞으로 무엇을 하고 싶은지' 가족이나 회사를 위해서가 아니라 자기 자신을 위해서 무엇을 하고 싶은지 곰곰이 자신의 마음에 물어보는 것도 좋다.

새로운 일에 도전해보는 것도 좋고 취미에 몰두하는 것도 좋다. 마음껏 여행을 해봐도 좋다. 자기가 사는 지역에서 자원 봉사자로서 일해보는 것도 좋다. 60세 이후의 인생을 어떻게 살아갈 것인지를 생각하는 것은 즉 자신을 위해서 어떻게 살아갈까 하는 삶의 방식을 자신에게 묻는 것이다.

그래서 경우에 따라서는 50대에 직업을 바꾸는 방향 전환으로 이어질 수도 있다. 지금의 일을 계속해가면 60세에 정년이 보이게 된다. 특히 새로운 사업을 시작하려 한다면 60이 넘어 시작하기보다는 50대에 시작하는 것이 더 좋다.

새로운 일을 시작하면 궤도에 오르기까지는 최저 5년 정도의 시간이 걸릴 것이다. 50대 중반에 새로운 일을 시작하면 60세가 되면 일이 궤도에 오를 것이다. 그러나 새로운 일을 60대에 시작하여 만일 실패하게 되면 이미 기력을 잃어 다시 일어서기는 어렵다. 물론 개인차가 있기 때문에 일률적으로 말할 수는 없지만 말이다.

어쨌든 60세 이후의 삶을 알차게 보낼 것인지, 기껏해야 따분한 나날을 보낼 것인지는 50대를 어떻게 살아가느냐에 달려 있다. 50대는 60세 이후의 삶을 위한 또 하나의 출발점이다. 50대를 충실하게 살아야 풍부한 결실을 맺는 인생으로 살아갈 수 있다.

## 평범하다는 건 나쁜 게 아니야

세상은 큰 강에 비유할 수 있다. 그 강에는 여러 가지가 흘러간다. 이 큰 흐름을 한 사람의 힘으로 바꾸기는 어렵다. 어쩌다 영웅이 나타나 세상을 크게 변혁시키는 때도 있었다. 그러나 지금 시대에는 역사를 바꿀 만한 카이사르와 나폴레옹 같은 영웅이 나타나기 어렵다. 그리고 그런 영웅이 나타난다 해도 이미 세계화된 세상을 혼자 힘으로 바꿀 수는 없다. 즉 세상은 흘러가는 대로 흘러간다.

자신의 인생을 돌이켜보면 이 큰 강의 흐름에 따라 흘러내려 왔음을 알게 될 것이다. 그런 의미에서는 누구나 그 흐름에 따라 떠내려왔다. 단 어떤 식으로 떠내려 왔는지가 다를 뿐.

중세 일본의 유명한 은둔 수행자인 압장명鴨長明이 쓴 불교 수필 《방장기方丈記》의 서두를 보면 이런 말이 있다. "강은 끊임없이 흐르고 거스르지 않는다. 웅덩이에 뜬 물거품은 한편으로는 사라지고 한편으로는 이어져 오랫동안 멈춘 예가 없다. 세상에 있는 사람과 집 또한 이와 같다!" 언뜻 보기에는 강의 흐름은 바뀌지 않는 것처럼 보이지만 물은 바뀌어 이전의 물이 아니라는 것이다. 이와 마찬가지로 세상도 사람도 변하지 않는 것처럼 보이지만 이 또한 변하니 세상이 무상하다는 것을 말하고 있다.

인간의 인생은 기껏해야 100년이다. 자신이 죽어도 세상은 아무런 변화 없이 계속된다. 큰 흐름에 비교하면 자신의 인생은 별것 아니며 그리 대단한 것도 아니라고 생각할 수 있다. 그러나 별것 아니며 그리 대단하지 않은 것이 세상이다. '무상하다' 고 한탄할 필요는 없다. '무상한 것' 이 당연하다고 여기며 거기에서 출발하면 된다.

여느 사람과 같이 회사에서 일하고 아이를 낳고 키우며 아이가 자립하고 정년이 다가오면 자신에게는 아무것도 남은 것이 없다는 생각이 든다. 좀더 자신을 소중하게 여기며 무언가 자신을 위해서 했어야 했는데 하고 생각하는 사람이 많다.

그러나 이런 평범한 인생이 또 아무것도 이룩해내지 못한 인생이 대수롭지 않은 인생인가 하면 결코 그렇지 않다. 아이를 훌륭하게 키우고 일을 통해서 사회에 공헌해왔다. 적어도 반사회적인 행동은 취하지 않았으며 사회의 짐도 되지 않았다. 그것만으로도 멋진 일이라고 생각하며 자부심을 가지도록 하라.

원래 평범한 것은 나쁜 것이 아니다. 공자는 중용이 중요하다고 말했다. 중용이란 어느 쪽에도 치우치지 않는 중간 정도를 가리킨다. 요컨대 중용은 평범이다.

특별한 일을 하지 않으면 대수롭지 않다고 생각하는 것은 기본적으로 잘못된 것이다. 중요한 것은 자기 나름대로 어떻게 잘 살아왔는가 하는 것이다. 자신이 정직하게 살아왔다면 그것은 이미 상당한 일을 이루어낸 것과 같다.

인간은 자칫하면 자신을 원망하기 쉬운데 자신의 장점에 눈을 돌려 자신의 인생을 평가하도록 하라.

## 무사히 여기까지 온 나에게

인생은 또 여행에 비유할 수도 있다. 일본의 유명한 하이쿠 작가 바쇼芭蕉는 그의 문집《오쿠로 가는 작은 길奧の細道》의 서두에서 인생을 여행으로 받아들이고 있다.

"세월은 지나가는 나그네이며 오가는 세월도 다시 나그네가 된다. 사공이 되어 배 위에서 일생을 보내거나, 마부가 되어 말의 고삐를 붙잡은 채 늙어가는 사람은 그날그날이 여행이기에 그 여행을 거처로 삼는다."

에도 시대에는 긴 여행을 떠나는 사람이 있으면 어쩌면 그 사람과 두 번 다시 만나지 못할 수도 있어 물로 작별의 잔을 나누며 배웅할 정도로 여행은 위험한 것이었다. 요즘도 마찬가지 아닐까? 언제 비행기가 추락할지도 모르고 여행지에서 어떤 일이 일어날지 모르니까. 역시 예나 지금이나 여행길에 오르는 사람을 배웅할 때 가장 신경 쓰는 것은 여행객이 무사히 목적지에 도착하는 것인 것 같다.

자신의 인생이 무사히 여기까지 다다른 것을 당연하다고 생각하기 쉽지만 실은 그렇지 않다. 인생이라는 여행을 하다 보면 산도 있고 산골짜기도 있는데, 이것들을 잘 넘어가기 위해서는 에도 시대 못지않게 많은 위험을 극복해내어야 한다.

젊은 나이에 암으로 죽는 사람도 있다. 죽지는 않더라도 사고를 당하거나 파산하거나 구조 조정의 대상이 되거나 가정이 붕괴되거나 노숙자가 되는 등 인생길에서 몰락하는 사람도 많이 있다.

그런 사람들 중에 대부분은 열심히 살아왔음에도 불구하고 불행한 운명에 끌려들어가는 등 그야말로 큰 강의 흐름에 휩쓸리어 낙오되고 만 것이다. 그러나 이들 중에는 그런 처지에서 다시 한 번 일어나 인생에서 훌륭한 성공을 거둔 사람도 있다.

50대까지 어떻게든 무사하게 잘 지내왔다면 인생의 반환점까지 무사히 다다른 것을 감사하게 생각하라. 50대까지 열심히 노력해왔다면 그것만으로도 자신을 충분히 칭찬해주어도 좋다. 세상의 거친 파도를 극복하며 여기까지 온 것이다. 그런 만큼 자신의 체험에서부터 얻은 지식과 지혜가 있을 것이다. 그 무기를 앞으로의 인생에서 활용한다면 더욱더 인생을 빛나게 할 수 있을 것이다.

시작하기에 너무 늦은 일은 없어

요즘 초등학교 졸업식에서는 졸업장을 받기 전에 장래의 꿈에 대해 한마디씩 하는 경우가 있다.

"저는 병을 앓고 있는 사람을 고쳐주기 위해서 의사가 되고 싶어요!"

"저는 경찰이 되고 싶어요!"

이런 식으로 모든 사람 앞에서 자신의 희망을 말한다. 아이에게는 장래의 가능성이 많이 있다. 이것도 되고 싶고 저것도 되고 싶고 이것 저것 하고 싶은 일도 많으며 꿈과 희망으로 넘친다. 어떨 땐 하고 싶은 일이 너무 많아서 마음이 이리저리 흔들리는 경우도 있다.

이러한 꿈과 희망이 머지않아 현실 앞에서 시들고 사라지는 것이 보통이지만 한번 그런 꿈과 희망을 가졌다는 사실은 결코 사라지지 않는다. 그렇지만 현실 생활을 영위해나가기 위해서는 꿈만 추구하고 있어서는 안 된다. 30~40대는 생활에 쫓기는 시기이기 때문에 꿈을 어느 정도 포기해야 한다. 그렇게 일상 생활에 쫓기다 보면 꿈도 완전히 망각하게 된다.

50대가 되어 자신에게는 취미도 없고 하고 싶은 일도 전혀 없어 뭔가 취미를 만들지 않으면 노후가 불안하다고 생각하는 사람은 다시 한 번 어릴 적의 꿈을 생각해보라. 혹은 자신이 청춘 시절에 무엇을 생각하고 무엇을 하고 싶었는지 천천히 기억의 심연을 들여다보아도 좋다.

하고 싶다고 생각했던 것들이 많을 것이다. 그리고 그런 것들은 현실적으로 불가능하다고 한 번 포기했던 것들일 것이다.

'아냐, 아냐! 이 나이에 이젠 무리야!'

결코 이런 식으로 생각해서는 안 된다. 어떤 일이든 시작하기에 너무 늦은 일은 없다. 자신의 페이스대로 조급해하지 말고 천천히 하면 된다. 결과보다 과정을 즐기는 게 중요하다.

문제는 하려고 하는 마음이다. 그것도 조급해하지 않고 끈기 있게 하려는 마음이다. 이 하려고 하는 마음을 일깨우기 위해서라도 다시 한 번 소년 소녀 시절의 꿈 많던 자신을 회상해보라. '아, 그때는 피아노가 너무 치고 싶었는데!' 그런 마음을 회상하며 되새겨 음미해보라. 그렇게 하면 반드시 하고 싶은 마음이 솟아날 것이다.

'이제 나이가 나이니까!' 하는 부정적인 생각은 버린다. 물론 피아니스트가 되는 것이 꿈이었다면 그것은 거의 불가능할지도 모른다. 그러나 피아노를 연주할 수는 있다. 혹은 작가가 되는 것이 꿈이었다면 특별히 전문 작가가 되지 않더라도 수필이나 소설 쓰는 것을 시도해볼 수는 있을 것이다.

무엇이든지 좋다. 어쨌든 포기하지 않고 꾸준히 해보겠다고 생각하며 시작해보는 것이 중요하다.

## 자신의 꿈으로 되돌아오면 되지

내 남동생은 고등학생 때 고향을 떠나 다른 지방에서 하숙 생활을 했다. 부모님을 떠나 있으면서 공부는 제쳐두고 곤충 채집에 빠져 있었다. 아버지는 동생이 의사가 되기를 바라고 있었지만 본인은 의사가 아니라 곤충학자가 되고 싶어했다.

이 사실을 알게 된 아버지는 매우 화를 내고 의사가 될 수 있도록 열심히 공부하라고 동생에게 편지를 보냈다. 동생과 몇 번의 입씨름 섞인 편지를 주고받은 후 아버지는 결국 "그렇게 고집을 부린다면 차라리 인력거를 끄는 사람이 되는 게 낫다"며 마치 협박과도 같은 편지를 보냈다. 이 편지를 받은 동생은 겁을 먹고 마침내 자신의 뜻을 꺾고 도우호쿠東北 대학 의학부에 진학하였다.

아버지는 시간이 나면 취미로 연극을 하셨는데 그것을 할 수 있는 것은 자신이 의사여서 수입이 안정되어 있고 경제적인 여유가 있기 때문이지, 연극만 했다면 제대로 생활해갈 수 없었을 거라고 굳게 믿고 계셨다. 그래서 먼저 안정된 생활을 확립하는 것이 중요하다고 생각하고 계셨다.

그리고 아버지는 의사란 다른 사람에게도 도움이 되고 일 자체도 재미있고 보람 있는 직업이라고 생각하고 계셨다. 곤충학은 생활이 안정되고 나서 배워도 되고 그렇게 해도 늦지 않다는 것이었다. 이는 자식을 생각하는 부모의 마음일 것이다.

젊을 때에 꿈을 가지게 되면 앞뒤 따지지 않고 그것을 향해 질주하게 된다. 그러나 현실을 살아가는 것은 그렇게 쉬운 일이 아니다. 이를 악물고 노력하지 않으면 안 된다.

30~40대는 현실에 맞춰 열심히 노력하는 시기이다. 이때를 잘 넘겨야 한다. 이때를 잘 넘기면 50대부터 다시 자신의 꿈으로 되돌아올 수 있다. 이때부터는 생활이 안정되고 사회에 덜 얽매이게 된다. 정년을 맞이하면 그야말로 자신만의 세계를 사는 것이 꿈 같은 이야기가 아니다.

아리스토텔레스는 인간은 사회적인 동물이라고 말했는데 사회에서 일하는 것이 인간의 본성에 꼭 맞다. 그러므로 아이 같은 꿈과 희망은 일단 가슴속에 간직해두고 포기하는 것도 필요하다. 그러나 그것은 꿈과 희망을 버리라는 것이 아니라 가슴속 깊이 간직해두라는 것이다. 그리고 50대부터 그때의 꿈과 희망을 되찾아가면 된다.

## 홀홀 털어버리고 내게만 집중

현실 사회에서 자신의 역할을 다하는 어른으로 살아가려면 어릴 적의 꿈을 일단 포기하지 않으면 안 된다. 어릴 적에는 여러 가지 꿈을 갖는다. 그러나 그런 꿈들의 대부분은 덧없이 사라져간다.

어른이 되면 현실이 우선시되기 때문에 어릴 적 꿈은 완전히 잊혀진다. 또 냉엄한 현실에서 완전히 지쳐버리기도 한다.

꿈도 희망도 없이 현실 생활이라는 무거운 짐에 줄곧 쫓기다 보면 눈앞의 현실밖에 보이지 않게 되고 어느새 머릿속에는 일만 남아 무미건조하게 일밖에 모르는 사람이 될 수도 있다. 한 번 일밖에 모르는 사람이 되면 이미 소년 시대의 꿈 따위는 현실과 동떨어진 허황된 이야기가 되어버린다.

거대한 사회 속에서 자신은 매우 작은 톱니바퀴에 불과하다고 생각하며 일요일에는 골프를 치거나 TV를 보고 평일 밤에는 선술집에서 스트레스나 시름을 푸는 정도의 생활에 안주하고 만다.

그러나 이런 생활 속에서 정취와 여유를 맛볼 수는 없다. 좀 더 생활에 활기와 꿈이 있어야 한다. 자신의 세계 따위는 거대한 사회라는 기계 속에서 무의미한 것이라고 생각해버리는 것은 슬

픈 일이다.

이만큼 고생하며 일하는 것은 도대체 누구 때문인가? 물론 가족 때문일 것이다. 그러나 잘 생각해보면 자기 자신을 위해서 일하고 있는 것이다. 회사나 사회만을 위해서 혹은 가족만을 위해서 일하고 있는 것이 아니다. 다름아닌 자신이 살아가기 위해서 일하고 있는 것이다.

따라서 자신이 살아가는 생활을 풍요롭게 하기 위해서라도 일하는 것이 마땅하다. 그리고 자신의 생활을 풍요롭게 하는 것은 곧 자신의 세계를 풍요롭게 하는 것이다.

또한 몇 년 후 맞이하게 될 정년 후의 생활에서는 좋든 싫든 거대한 사회에서 분리되어 가족과 친구, 옛 동료가 있는 작은 세계로 되돌아오게 된다. 그것은 어디까지나 자신을 중심으로 한 자기 자신의 세계이다. 이 세계를 풍요롭게 하기 위해서는 내면에서 솟아나는 의욕과 정열이 없으면 안 된다.

일을 할 때에도 50대가 되면 일에 대한 자세를 바꾸어갈 필요가 있다. 일하는 것이 회사나 가족을 위해서이기도 하지만 '자신을 위해서' 일한다는 의식이 있어야 한다. 물론 일이 좋아서 또 자신이 즐거우니까 일을 해온 사람도 많을 것이다. 그것을 더욱더 강하게 의식하는 것이 좋다. 그러면 다시 한 번 새로운 기분으로 일에 몰두할 수 있게 된다.

또 자신의 시간을 충실하게 보내고 자신의 세계를 넓혀가라. 그것은 단지 정년 후에 취미를 가지는 것만이 아니라 지금 하고 있는 일에 활력을 주기도 한다.

어릴 적에 또 청소년기에 품었던 꿈을 발굴하는 것은 단지 정년 후에 무엇을 할 것인지 생각하기 위해서가 아니라 다시 한 번 지금의 자신에게 삶의 에너지를 주는 것이다.

## 포기해서는 안 된다는 생각만 있으면

《빌헬름 마이스터의 편력 시대》는 괴테가 40대 후반에 완성시킨 소설이다. 이 소설은 젊을 때의 괴테를 연상시키는 빌헬름이라는 청년이 주인공인 청춘 소설이다. 독일에는 계몽 소설이라고 해서 젊은 사람이 여러 가지 인생 경험을 해가며 어른으로 성장해가는 과정을 그린 소설 장르가 있는데, 이 소설이 그 원형이다.

빌헬름은 유복한 상인의 집에서 태어났는데 어릴 적부터 연극을 좋아해 자기 집에서 친구와 연극하는 것을 즐거움으로 삼고 있었다. 청년이 된 빌헬름은 연극 각본을 쓰기도 했지만, 배우로서 연극 무대에 서는 것을 천직으로 생각하고 있었다. 그리고 한결같이 극단에 들어가려고 했다.

그의 부모는 그가 상인이 되기를 바랐는데 젊을 때에는 조금 놀게 놔두자는 생각에 자유롭게 여행을 다니게 했다. 빌헬름은 바로 극단에 들어가 햄릿의 각본을 각색하여 친히 햄릿 역을 연기하며 큰 성공을 거두었다.

그러나 그는 연극의 세계가 그가 생각하고 있던 정열의 세계만이 아니라 금전과 여러 가지 이해관계가 얽힌 표리부동한 세계라는 것을 차츰 알게 되었다. 그는 또 연극은 결국 금전과 이해 관계로 움직이며 가끔 자신이 그 한 장면으로 사용될 뿐 연극이 끝나면 자신이 중요한 존재가 아니라는 것도 뼈저리게 느끼게 되었다.

빌헬름은 연극 세계에서 좋은 친구를 사귀게 되어 친구가 하고 있던 새로운 사업에 종사하기로 결심을 굳혔다. 그와 동시에 그 친구의 누이동생과 결혼함으로써 파란만장했던 이야기가 해피 엔딩으로 완결된다.

이 이야기가 나타내는 것처럼 빌헬름은 처음에는 연극에 정열을 불태우며 자신은 연출가나 배우가 되는 운명을 가지고 태어났다고 굳게 믿었다. 그래서 상인이 되라는 아버지의 말에는 귀를 기울이지 않았다. 연극 세계에 바로 뛰어들어 한차례 성공을 거두었지만 자신이 연극 세계에서 적응해갈 수 있는 사람이 아니라는 것을 절실히 느끼게 된다.

그는 연극에서 출세해보겠다는 것을 포기하고 좀더 많은 사람을 상대로 하는 큰 사업에 종사하는 것이 자신에게 어울린다고 깨닫게 되었다. 이는 빌헬름이 어른이 되는 과정을 통해 어른이 되면 청춘의 꿈을 부득이 포기할 수밖에 없다는 것을 나타내고 있다. 어른이 되어 자신이 해야 될 일이 보이게 되면 청년 시절에 품었던 꿈을 일단 포기해야 하는데 이는 대부분이 겪는 현실이다.

단지 포기해서는 안 된다는 생각에 괴테는 죽기 일 년 전까지 《파우스트》를 완성시켰다.

괴테는 바이마르 공화국의 요직에 있으면서 국민을 위한 정부에 헌신하면서도 자신의 꿈을 버리지 않았다. 죽기 일년 전에 완성시킨 《파우스트》는 이 사실을 적절하게 말해주고 있다.

어른이 되어 포기한 꿈은 버리지 말고 자신의 가슴 속에서 정성껏 발효시켜두는 것이 좋다. 그 정열이 만년에 싹터서 결실을 맺을 수도 있다. 꼭 다시 한 번 꿈에 도전해보도록 하라.

## 일의 중심에서 밀려났을 때

50대 초반까지 바빴던 사람도 50대 중반이 되면 서서히 일의 중심으로부터 빠지게 된다. 이렇게 한가해질 때 허전해하지 않도록 주의해야 한다. 60세까지 줄곧 열심히 일하다가 갑자기 정년을 맞이하게 되면 공백이 생겨 쇼크가 클지도 모른다.

서서히 일의 중심에서 빠지면서 정년을 맞이할 때쯤에는, 한직으로 밀리는 경우를 제외하면, 그럭저럭 일을 처리해가기만 하면 되기 때문에 정년 생활에 순조롭게 연착륙할 수 있다. 그렇게 생각하면 일의 중심에서 빠지는 것도 나쁘지만은 않다.

잔업이나 일이 끝난 다음 동료와의 교제도 자연히 줄어들면서 자신의 시간이 생긴다. 이 시간을 잘 활용해야 한다. 시간적으로 여유가 있으면 마음에도 여유가 생기므로 차분히 무언가를 시작해보자.

무리하게 새로운 일을 시작할 필요는 없다. 물론 의욕이 넘쳐 새로운 일에 도전해보고 싶다면 자꾸 도전해봐도 좋다. 요즘의 50대는 아직 젊다. 활력이 넘친다.

그렇지만 50대에는 아직 일의 비중도 크기 때문에 자칫 몸과 마음에 부담이 가면 몸 상태가 안 좋아질 수도 있으니 조심해야 한다. 너무 힘든 일은 오래 하지 않는 것이 좋다.

역시 자기가 좋아서 하는 일이 아니면 빨리 포기하고 만다. 하물며 의무로 하게 되면 오래 지속할 수가 없다. 어떻게든 좋아하게 되는 것이 중요하다. 한번 좋아하게 되면 말릴 재간이 없다. 좋아하게 되면 시간이 아무리 많아도 부족하게 느껴진다.

정년을 조금 앞두고 사진 촬영에 빠지기 시작한 Y씨는 아시아의 여러 나라를 돌아다니며 서민의 생활을 촬영하는 데에 재미를 붙였다. 그들이 일하는 모습을 보고 있으면 일본인에게는 찾아볼 수 없는 활력이 느껴진다고 한다.

그래서 아시아 국가들을 자주 찾아 나서는데 시간이 아무리 많아도 부족하게 느껴진다고 한다. '빨리 정년이 오면 좋을 텐데!' 하고 자신도 모르게 혼자말을 할 정도로 그는 정년이 오기를 몹시 기다리고 있다. 이처럼 자신이 좋아하는 일을 찾으면 된다.

50대 후반인 W씨는 자영업을 하는데 요즘은 불경기라서 일감이 상당히 줄어들었지만 맞벌이인데다 아이가 없기 때문에 생활하기에 어렵지는 않다.

최근 그는 부인과 함께 자주 해외 여행을 즐기고 있다. "부부가 함께 즐길 수 있는 것을 겨우 찾아냈다"며 좋아한다. 일년에 한두 번 해외 여행을 다녀오니 일에도 활력이 생겼다고 한다.

시간적인 여유가 생기면 그것을 충분히 활용해보도록 하라. 부부가 즐길 수 있는 것을 찾으면 두 사람의 생활도 충실해진다. 또 취미와 여가를 즐길 수 있게 되면 일할 때에도 활력이 생겨난다.

50대는 아직 한창 일할 때이기도 하지만, 아직 한창 즐기는 때이기도 하다.

## 결과를 겁내지 말고

흔히들 스포츠든 음악이든 젊을 때 배워놓지 않으면 쉽게 몸에 배지 않는다고들 한다. 또 어른이 되고 나면 악기를 다루려고 해도 몸에 쉽게 배지 않는다. 스포츠도 마찬가지다. 분명 젊었을 때 이해력이 더 빠르고 적응력과 감각도 훨씬 더 뛰어난 게 당연하다.

운전 면허도 젊은 사람은 단기간에 취득한다. 그러나 30~40대는 젊은이들만큼 순조롭게 취득하지 못한다. 그러나 하려고 하는 마음만 있으면 시간이 걸려도 운전 면허를 취득할 수 있다. 시간이 많이 걸리긴 하지만 60세 이후에 도전해서 면허증을 취득한 사람도 많다.

60세가 지나면 대다수의 사람은 '이제 와서 무슨 면허증이야!' 하며 미리 포기해버리고 만다. 먼저 포기해버리면 마음이 도망가기 때문에 아무것도 시작하지 못하게 되거나, 시작해도 오래 하지 못한다.

'나는 이런 일은 할 수 없어!' 하고 생각하는 것이 문제다. 사실은 꾸준히 계속하면 할 수 있는 일도 그 출발점에서 포기하는 경우가 매우 많다. 자신은 좋아서 하고 싶지만 첫걸음을 내딛지 못해 시작도 하지 못하고 포기해버리고 마는 것이다.

"저는 아무것도 하는 일이 없어 뭔가 취미를 찾아야 하는
데…."

이렇게 말하는 사람도 자신이 좋아하는 일이 분명 있을 것이
다. 단지 기가 죽어 있어 자신에게는 이제 무리라고 굳게 믿고 있는
것뿐이다.

좋아한다면 결과를 겁내지 말고 해보는 것이 좋다. 목표를 높
이 설정하지 말고 느긋하게 해나가면 된다. 서툴러도 좋다. 그래도
해나가다 보면 나름대로 익숙해진다. 천천히 그러나 꾸준히 해나가
면 반드시 몸에 배게 된다. 그 속에서 즐거움과 기쁨을 찾을 수 있게
된다.

## 바빠서 못했던 일

어른이 되어 좋아하는 일을 포기해야 하는 가장 큰 이유는 일과 생활이 바빠서이다. 30~40대에는 특히 바쁘다. 일과 아이 문제, 그리고 가정 생활에 쫓기는 것이 현실이다.

그때까지 좋아서 했던 일도 결혼하여 가정이 생기고 아이를 낳으면 가정을 먼저 돌봐야 하기 때문에 계속할 수 없게 된다. 아무래도 일과 가정을 우선시할 수밖에 없다. 그렇게 되면 자연히 자신의 취미 시간을 줄여야 한다.

T씨는 회사에 막 취직한 무렵 어느 날 길을 걷다가 '플루트 교습'이라고 적힌 간판이 전봇대에 붙어 있는 것을 보았다. 그가 사는 동네의 악기점에서 '플루트 교실'을 열었던 것이다. 음악을 좋아하던 그는 그 간판에 마음이 끌려 그 악기점을 찾았다.

악기점에서는 플루트 교실에 들어오려면 먼저 악기를 구입해야만 한다고 말했다. 이 악기점이 플루트 교실을 연 것은 플루트를 배우고 싶어하는 사람에게 순수하게 가르쳐주기 위해서가 아니라 악기를 판매하기 위해서였다.

그는 용돈을 몽땅 털어 플루트를 구입했다. 악기를 산 이상 어쨌든 연습부터 해보자는 생각이 들었다. 원래 악기를 좋아했기 때문에 그는 열심히 연습했다. 강사도 그가 열심히 연습하자 다른 사람보다 더 신경 써서 가르쳐주었다. 그는 실력이 점점 더 향상되어 공연을 위한 합숙에도 참가하게 되었다.

그러는 동안에 그는 결혼도 하고 아이도 생겼다. 그리고 얼마 안 가 둘째가 태어났는데, 그때까지 플루트에 몰두하고 있었다. 그는 플루트만큼은 계속하고 싶었다.

여름이 되어 공연을 위한 2박3일 간의 합숙에도 참가했다. 합숙 첫날밤에 부인으로부터 전화가 걸려왔다. 첫째 아이가 열이 매우 심하므로 집으로 빨리 돌아오라는 것이었다. 하는 수 없이 집에 돌아와보니 아이는 병원에 입원한 상태였다. 부인의 지치고 야윈 모습을 보자 그 동안 부인에게 엄청난 심적 부담을 주었다는 생각에 미안함이 밀려왔다.

이 일을 계기로 그는 플루트를 당분간 그만두기로 결심했다. 당분간은 일과 집안일에만 전념해야겠다고 생각했다. 그러고는 플루트에 대한 것은 까맣게 잊어버리게 되었다.

세월이 흘러 그도 50세에 가까워지고 아이도 성장하자 시간적인 여유가 생겼다. 시간이 생기게 되자 뭔가 자신에게 어울리는 것을 해봐야겠다고 생각하던 참이었는데, 마침 그 무렵 회사에서 열리는 친목회에서 장기 자랑을 하게 되었다. 그는 문득 젊었을 때 불었던 플루트가 떠올랐다. 이제 무리일지도 모르지만 간단한 곡이라면 불 수 있겠다는 생각에 창고 깊이 넣어두었던 악기를 꺼내 보았더니, 은도금이 여기저기 까맣게 변해 있었다. 은 색깔이 다시 날 수 있도록 정성스레 녹을 없앴다. 마른 헝겊으로 닦아 광택을 내는 데

만도 반나절이 걸렸다. 그랬더니 못 알아볼 정도로 반짝반짝 광이 났다.

그런데 중요한 것은 소리였다. 그는 주춤주춤 소리를 내어보았다. 좋은 소리는 나지 않았지만 소리가 울리긴 울렸다. 악보를 꺼내어 보면대 위에 얹어 불어보려는데 손가락이 움직이지 않았다. 손가락을 어떻게 놀려야 할지 완전히 잊어버렸던 것이다.

그러나 플루트를 다시 만진 그는 그것을 불고 싶다는 마음이 내면 깊은 곳으로부터 솟아오르는 것을 느꼈다. 그리고 매일 퇴근하면 손가락 놀리는 법을 열심히 연습했다. 일주일 연습하자 손가락을 제법 놀리게 되어 간단한 곡은 불 수 있게 되었다.

소리는 좋게 나지 않았지만 그는 회사 친목회에서 마음껏 불었다. 그의 그런 모습을 본 적이 없었던 직장 사람들은 그를 다시 보게 되었다고 한다. 말할 것도 없이 기쁨에 넘친 그는 그 후에도 계속 플루트를 불었다.

이처럼 30~40대에 바빠서 계속하지 못했던 일도 50대가 되면 시간적인 여유가 생기기 때문에 충분히 즐길 수 있다.

## 생각나면 먼저 시작부터

T씨는 장기 자랑을 해달라고 부탁받은 것이 계기가 되어 다시 플루트를 생각하게 되었는데, 그때가 바로 기회이다. 생각만 하고 창고에서 찾아내지 않았다면, 아마 그는 다시 플루트를 만져보지도 연습도 시작하지 못했을 것이다.

친목회에서 실수하면 창피를 당하니까 플루트를 불지 말자고 꽁무니를 빼면 안 된다. 열심히 노력했는데 실패했다면 그 실패 자체도 멋진 일이다. 그것은 끝이 아니라 시작이기 때문이다.

계기를 잘 잡는 것은 인생에 있어서 중요한 일이다. 계기란 자신의 인생길에 서 있는 이정표와 같은 것이다. 이정표를 잘 읽지 못하면 길에서 헤매게 되는데 계기도 실은 마찬가지다.

생각이 나면 먼저 시작하라. 그리고 시작하고 나면 도망가지 말라. 50대에 시작하는 만큼 처음부터 잘 되어가리라고 생각해서는 안 된다. 처음에는 실패의 연속일 수도 있다. 자신의 실패를 웃어 넘길 수 있는 정도의 패기가 있어야 한다.

자신이 실패하면 다른 사람이 비웃을 것이라고 생각할 수도 있지만 의외로 그렇지는 않다. 인간은 자기 자신의 일에는 관심이 높지만 자신과 관계없는 사람의 실패에는 그다지 신경 쓰지 않는다. 그렇다면 다른 사람이 무슨 말을 할 것인지에 대해 별로 걱정하지 않아도 좋다. 자기 페이스대로 계속해나가면 된다.

자신과 다른 사람을 비교하는 것도 좋지 않다. '저 사람은 저렇게 잘하는데 나는 왜 이렇게밖에 못하지!' 라는 생각은 하지 말자.

무언가가 계기가 되어 생각이 나면 먼저 시작해보라. 그 다음에는 무리하지 않고 한걸음 한걸음씩 해나가면 된다. 포기해서는 안 된다. 결과는 나중에 자연히 따라온다. 하고 있는 일 그 자체가 차츰 즐거워지는 것이 첫 번째 결과이다.

## 조급해하지 말고 천천히

컴퓨터를 막 배우기 시작한 50대 여성 R씨는 근처 고등학교에서 열리는 컴퓨터 강습에 다니기로 했다. 그녀는 컴퓨터에 흥미는 있었지만 막상 강습 시간에 컴퓨터를 만져보니 좀처럼 생각대로 되지 않았다.

젊은 강사는 정성스럽게 가르쳐주었지만 강사의 말대로 하려고 조급해하다보면 손이 생각한 것처럼 움직이지 않았다. 키를 잘못 누르거나 마우스를 제대로 조작하지 못해 엉겁결에 소리를 지르기도 했다.

"그렇게 당황하지 마시고 천천히 하세요."

강사는 그렇게 말했지만 그녀는 왠지 같이 배우고 있는 사람들과 비교해 자신이 뒤쳐져 있다고 생각되어 무의식중에 조급해지고 말았다. 또 같이 배우고 있는 사람들은 집에도 컴퓨터가 있어 연습하고 오는 게 틀림없다고 생각되었다.

그녀는 컴퓨터가 집에 있어야 할 것 같아 구입하려고 했지만, 그에 대한 지식이 없어 어떤 것을 사야 할지를 모르겠고 주위에 상담할 사람도 없었다. 기회를 봐서 강사에게 상담해봐야지 했으나 아직 미숙한 사람이 컴퓨터를 사려는 것은 시기상조라는 생각이 들었다.

어느 날 강습 시간에 안부 엽서를 만들었다. 먼저 친척과 지인들의 주소와 이름을 입력하는데 그것들을 입력할 때마다 그 사람들의 얼굴이 떠올랐다. 그녀는 '아! 이 사람은 잘 지내고 있을까?' '아! 저 사람과는 오랫동안 만나지 못했구나!' 하면서 감회에 젖어 사람들의 주소와 이름을 입력해갔다.

그런 것을 생각하며 입력하니 작업은 당연히 천천히 진행되었다. 작업을 천천히 진행한 탓인지 키보드의 입력과 마우스 조작이 이전보다 훨씬 더 원활하게 이루어졌다. 그녀는 작업이 원활하게 이루어진 것을 느끼지 못했다. 의외로 당사자는 잘 모르는 법이다. 그날 작업이 다 끝나가자 강사는 그녀 옆으로 와서 그녀가 작업하는 모습을 잠시 동안 지켜보았다.

강사는 "와, 몰라볼 정도로 능숙해지셨네요!" 하고 말했다.

이 말에 그녀가 정신을 가다듬고 생각해보니 오늘은 소리를 지르지도 않았으며, 어느 사이엔가 자신이 상당히 많은 주소와 이름을 입력했다는 것을 깨닫게 되었다.

조급해하지 않고 작업을 원활하게 끝마친 것이다. 강사에게 칭찬받자 자신감이 생긴 그녀는 강사에게 어떤 컴퓨터를 사야 좋을지 상담할 용기도 솟아났다. 그리고 컴퓨터를 계속해서 배우겠다는 마음도 들었다. 이 사례는 조급해하지 않고 천천히 하는 것이 얼마나 중요한지를 보여준다.

어떤 일을 하든 빨리 익히려고 조급하게 굴면 안 된다. 차분하게 하다보면 조금씩이라도 발전한다. 성격이 급한 사람은 빨리 숙

달되지 않는다고 포기하고 싶어질지도 모른다. 그러나 잘 생각해보면 숙달되어 간다는 것을 느끼게 될 것이다.

　아무리 성격이 급한 사람이라도 아니 성격이 급한 사람일수록 새로 무언가를 시작했을 때 1년이란 기간을 정했다면 그 기간 안에는 절대로 포기하지 않도록 하라. 그리고 조금씩이라도 발전하고 있는 것을 즐기며 그런 발전을 가능하게 한 자신을 칭찬해주어라.

## 실제로 해보면 생각만큼 어렵지 않아

R씨가 컴퓨터를 시작했을 때 조급해하고 주위 사람과 자신을 비교한 것은 불안을 느꼈기 때문이다. 이런 일은 누구에게도 있는 일이다. 뭔가를 시작할 때 누구든지 처음에는 불안하고 자신감이 없기 마련이다.

게다가 잘하자는 의식이 지나쳐서 오히려 마음이 굳어지면 더 잘 안 된다. 때마침 그녀의 경우는 안부 엽서라는 자신의 생활과 밀착된 것이 강습의 소재가 되었기 때문에 이 소재에 관심이 쏠리게 되었고 쓸데없는 잡념이 사라져 작업을 원활하게 진행할 수 있었다.

'애초부터 컴퓨터는 어려워서 내가 하기에는 무리라고 생각하고 있었다. 그러나 침착하게 해보니 나도 조작 할 수 있네!' 라며, 결국 그녀는 자신이 쓸모없는 존재가 아니라는 생각을 갖게 되었다. 인간은 여러 가지 생각을 하는데 '내가 저런 일을 할 수 있겠어?' 하는 생각에 빠질 때가 종종 있다.

'먹어보지도 않고 까닭 없이 싫어한다' 는 말이 있는데 이는 시작해보기도 전에 피한다는 것이다. 분명 나이를 먹게 되면 만사가 귀찮아진다. '이제 와서 뭘!' 하는 마음을 모르는 바는 아니다. 그러나 무슨 일이든지 실제로 해보면 생각한 만큼 어렵지 않다는 경험을 해봤을 것이다. 그럴 때 인간은 나도 아직 쓸 만한 존재구나라고 여기게 된다.

이것이 새로운 의욕을 불러일으킨다. 인간이 불안과 초조를 가지고 있을 때와 의욕을 불태우고 있을 때를 비교하면 자연히 추진력에서 차이가 난다. 당연한 말이지만 자신감을 가지고 의욕에 불타고 있을 때에 더 큰 성과가 오르며 자신의 세계도 더 넓어진다.

결국 이것이 내일로 이어지는 힘이 된다. 의욕이란 지금 자신의 마음속에서 생기고 있는 것으로 내일의 목표와 희망을 향하고 있다. 이것이야말로 내일을 향해 살아가는 원동력이 된다.

## 몰두할 수 있어서 행복해

50대란 사회의 의무와 책임을 다하던 존재에서 자기 자신의 세계로 돌아오는 인생의 갈림길이다. 그것은 자신이 주역이 되어 무엇인가를 이루어야 함을 의미한다.

자신도 아직 쓸 만한 존재라는 생각은 세상에 휘둘리는 자신이 아니라 자기다운 자신에 눈뜬다는 것이다. 정해진 일을 하는 것이 아니라 의욕을 가지고 일하고 싶다고 생각함으로써 자신이 그 세계의 주역이 되는 것이다.

어디까지나 자신이 주역이 되지 않으면 자신의 세계는 열리지 않는다. 무엇을 하느냐가 중요한 것이 아니라 지금 하고 있는 일에 자신이 어떻게 자주적으로 의욕을 가지고 관여할 수 있는지가 중요하다. 진심으로 하고 싶다고 생각하면 열심히 하게 된다.

기껏 취미에 몰두하느냐고 생각할 수도 있지만 취미이기 때문에 열심히 몰두할 수 있다. 왜냐하면 그것은 자신이 주역이 될 수 있는 자기 자신의 세계이기 때문이다. 열심히 하다보면 반드시 성과가 나타나게 된다. 그것은 자신이 더 잘 알 것이다. 자신감이 생기면 더욱더 높은 목표를 설정할 수 있다.

인간이 삶의 보람을 가질 수 있으려면 이처럼 새로운 목표를 설정할 수 있어야 한다. 확실한 목표를 두고 언젠가 달성할 수 있다는 자신감을 갖는다면 삶의 기쁨을 느낄 수 있다.

요즘 사람들은 진정한 삶의 기쁨을 느끼지 못하고 있다. 삶의 기쁨을 느낄 수 있는지 없는지는 자신이 사물에 대해 어떻게 관여하고 있는가, 즉 얼마나 의욕적으로 사물에 관여할 수 있는지에 달려 있다.

자신의 의식을 조금씩 바꾸어 대수롭지 않은 일은 신경 쓰지 말고 자신이 하고 싶은 일과 해서 즐거운 일을 찾는 것이 중요하다. 그리고 너무나 하고 싶은 일을 실제로 할 때에 그것이 즐겁게 생각되면 그 사람은 행복한 사람이다.

열심히 몰두할 수 있는 것은 물론 취미만은 아니다. 지금의 일이나 연구에 몰두해도 좋다. 또 50대에 새로운 일에 도전하는 인생이 되어도 좋다. 이노우 다다다카는 자신의 꿈을 실현하고 그것을 자신의 일로 삼았다. 50대는 정년을 앞둔 시기이기 때문에 현역 생활의 후반기라고 받아들이기 쉽다. 그러나 50대는 지난 수십 년에 걸친 일을 총결산하는 중요한 시기이다. 또 50대는 한 가지 일을 수확하고 새로운 씨를 뿌리며 다시 한 번 일이든 취미든 자신의 꿈에 도전할 수 있는 기회이다.

## 자기 자신이야말로 피해자라 생각하는 사람을 보면

긴 인생을 사노라면 좋은 일도 있고 나쁜 일도 있다. 모든 일이 자신의 생각대로만 되지는 않는다. 일이 잘 되어가나 싶으면 생각지도 않았던 상황이 발생하여 실패하는 경우도 있다. '실패는 성공의 어머니', '누구에게나 실패는 있는 법이다' 라는 말로 위안을 삼아도 실패한 당사자는 역시 괴롭다.

딱히 실패라고는 할 수 없어도 인생이 자기 생각대로 되지 않거나 잘 풀리지 않는 경우도 많다. 예를 들면 직장에서 인간 관계가 원만하지 않아 주위 사람들로부터 따돌림당하고 있다고 생각하는 사람들이 의외로 많다. 이런 사람들은 자기 자신이야말로 피해자라고 생각한다.

그런 사람들은 대부분 자신의 처사가 올바르며 자신은 계속 참아왔다고 말한다. 그런데 상대의 지나친 행동에 더 이상 참을 수 없어 화가 나서 고함을 쳤다고 한다. 자신은 의식도 못한 채 직장의 트러블 메이커가 되어버리고 마는 것이다.

트러블 메이커 중에는 자존심이 강한 완벽주의자가 많다. 그런 완벽주의자 중에는 자기 중심적인 경우가 대부분이다. 즉 자신은 완벽하다고 생각하고 있지만 실은 단순한 억지나 융통성 없는 태도에 불과하다. 그런 억지나 융통성 없는 태도를 참을 수 없기 때문에 직장 동료들은 그에 대항하여 각자 자신을 지키려고 한다. 그러면 자연히 그들은 트러블 메이커를 상대하지 않게 된다.

왜 직장 동료들이 자신을 상대해주지 않는가를 생각해보면 좋으련만, 트러블 메이커의 사고 회로는 오직 자신이 따돌림 받고 있다는 피해 의식에만 얽매여 있다. '오늘도 누구 때문에 하루가 엉망이 되었다'고 신경질을 낸다.

이런 일은 남의 일이라고 생각될지 모르지만 누구에게나 찾아온다. 가장 많은 것이 부모의 탓으로 돌리는 경우이다. 좌절하면 '이렇게 된 것은 부모님 탓이야!' 하며 적어도 한 번쯤은 그렇게 생각해본 사람이 있을 것이다. 한 번도 그렇게 생각하지 않은 사람은 대단한 사람이다.

'출신 학교가 나빠서 이렇게 되었다!' '일이 나에게 맞지 않아 인생이 이 꼴이 되었다!' '배우자와 잘 맞지 않아 인생이 엉망이 되었다!' 등등 예를 들면 끝이 없다.

이런 불평에도 일리가 없는 것은 아니다. 분명 인생을 살다 보면 뜻하지 않은 일도 생기고, 자신의 힘으로는 도저히 어찌할 수 없는 불가항력의 일도 많다. 그러나 그때 그런 일만 없었다면, 또 그런 사람만 만나지 않았다면 하면서 과거를 후회하기만 하면 미래는 영원히 열리지 않는다.

자신의 실패는 설령 그것이 누구의 탓이라고 해도 자기 스스로 받아들이지 않으면 안 된다. 실패를 할 때에는 역시 자신의 어딘가에 문제가 있기 때문에 실패하는 것이다. 그것을 극복해가는 자세를 가지지 않으면 영원히 계속해서 실패하게 된다.

## 조금 지쳤었나봐

실패한 자신을 받아들이라는 것은 실패해도 기죽지 말라는 뜻은 아니다. 실패했을 때에는 분명 기가 죽는다. 기죽지 않고 버티려고 하니까 더욱더 쓸데없는 무리를 하여 또 실패하게 된다.

트러블 메이커인 사람이 정말 그렇다. '요까짓 것' 하고 버틴다. 바꾸어 말하면 고집쟁이가 되어버린다. 이러면 냉정하게 자신이 처해 있는 상황을 파악하지 못하고 험담과 불평을 하게 되고, 어떻게든 핑계를 계속 갖다댄다.

어떠한 상황이든 실패한 자신에게 책임이 있다고 느낄 수 있으면 실패한 당시에는 기가 죽지만 빨리 일어서게 된다. 왜냐하면 원한이나 원성을 품지 않기 때문이다. 실패한 것을 다른 사람의 탓으로 돌리면 마음이 복잡해지기 때문에 좀처럼 다시 일어설 수 없다. 이는 자신에게 지나치게 얽매여 있다는 말이기도 하다.

자신에게 얽매여 있는 주제에 마지막에 다른 사람에게 도와달라고 하면 너무나 염치없는 짓이다. 실패를 다른 사람의 탓으로 돌리는 것은 다른 사람이 자신을 도와주기를 바란다는 증거이다. 결국 다른 사람에게 의존하고 있는 것이다.

물론 다른 사람에게 도움을 받는 경우도 많이 있다. 그러나 스스로 도움을 청하려고 하지 않고 다른 사람이 알아서 도와주기를 기대하기 때문에 문제이다. 그래서 아무도 도와주지 않으면 다른 사람을 원망하게 된다.

'뭐, 실패했어도 하는 수 없지! 조금 지쳐 있었나 봐! 친구와 만나서 한잔 하며 내 이야기를 해볼까?' 이렇게 솔직하게 스스로 조언을 구하고 도움을 청하면 된다. 자신은 꼼짝하려고 하지 않고 누군가가 자기를 도와주는 것이 당연하다고 생각하는 것은 너무나 자기중심적인 생각이다. 먼저 스스로 첫걸음을 내딛는 것이 중요하다. 첫걸음을 내디디면 두 번째 걸음은 가벼워지게 되어 있다.

실패했을 때뿐만 아니라 일상 생활에서도 먼저 자신이 이렇게 하고 싶다 저렇게 하고 싶다 하는 목표를 가지는 것이 중요하다. 막연하게 일상을 보내면 어느새 자신의 인생에서 남아 있는 시간이 적다는 것과 아무것도 하지 않고 있는 자신을 발견하여 깜짝 놀라게 될 뿐이다.

그런 의미에서 실패를 두려워하지 않고 끊임없이 전진하는 것이 바람직하다. 최선을 다한다는 것은 결과를 바로 끄집어내는 것이 아니다. 결과는 그렇게 바로 끄집어낼 수 있는 것이 아니다. 결과는 그렇게 바로 나타나는 것이 아니다. 또 최선을 다해도 실패하는 경우도 있다.

내가 정말 하고 싶은 일이 무엇인지 그것을 찾아보라. 인생은 보물 찾기와 같다. 보물은 의외의 장소에 숨겨져 있는 경우가 많은데, 그것은 스스로 찾지 않으면 찾을 수 없다. 자신의 인생을 재미있게 할 것인지 아닌지는 자신의 삶의 방식에 달려 있다. 대수롭지 않은 실패 때문에 고민하거나 망설이지 말고 기분을 바꾸어 지금 바로 첫걸음을 내디뎌보라.

## 열심히 일하고 실컷 놀기




자신의 세계를 만들기 위해서는 보람된 일이나 취미를 찾아보는 것이 필요하다. 분명 누구든지 이렇게 생각할 것이다. 하지만 정년이 임박했을 때 뭔가 취미다운 취미가 없으면 그제서야 취미를 가져야지 하고 생각하기 시작한다.

만약 적극적으로 하고 싶은 취미가 없으면 정년 후 하루하루가 일요일이 되는 순간부터 지루한 나날을 보내지 않으면 안 되고 머지않아 가족으로부터 폐품과 같은 취급을 받을 수도 있다. 그래서 취미를 찾으려고 안달하게 될 때도 있다. 그러나 여기에는 함정이 있다.

일만 열심히 해온 사람은 무엇이든지 일로 대하려는 경향이 있다. 정년이 무엇을 의미하고 있는지 알고 있는가? 이미 알고 있으리라 생각하지만 바로 실업이다. 일에만 몰두한 사람에게 있어 일이 없는 것처럼 괴로운 일은 없다. 그래서 이런 사람들은 '정년 후의 일'을 찾으려고 한다. 취미도 일종의 일로서 받아들이려고 한다.

그러나 취미는 일이 아니다. 일은 싫든 좋든 간에 하지 않으면 안 되는 의무이다. 일만 열심히 해온 사람이 가장 안심하는 상황은 자신이 하지 않으면 안 될 의무가 있는 상황이다. 그런 테두리에 얽매여 있어야 안심할 수 있는 것이다.

하지만 취미에 의무는 전혀 없다. 취미를 의무로 생각하지 않아야 취미가 자신의 자유로운 권리 행사가 된다. 요컨대 취미는 일과 반대되는 놀이이다.

일을 좋아하는 사람은 노는 것을 아주 싫어한다. 아주 싫어할 뿐만 아니라 죄악시하는 경우도 있다. 어른은 자주 아이에게 이런 말을 한다.

"놀기만 하지 말고 공부 좀 하렴!"

이렇게 말하는 어른은 아이에게는 물론이고 자신에게도 이런 말을 한다. '놀고만 있다니 당치도 않은 소리야! 일을 해야지!'

이런 사고방식으로는 취미나 삶의 보람을 가질 수 없다. 이는 기본적인 자세를 착각하고 있는 것이다.

올바르고 기본적인 자세는 '열심히 일하고 실컷 노는 것'이다. 취미를 일처럼 대하고 의무로 받아들이면 노는 즐거움을 상실하게 된다. 그러므로 50대가 되면 노는 즐거움을 의식적으로 익혀둘 필요가 있다.

늙어간다는 것은 다시 어린아이로 돌아간다는 것이다. 어린아이가 아이다운 가장 큰 이유는 노는 것을 좋아하기 때문이다. 그러므로 노는 것의 즐거움을 익혀두지 않으면 안 된다.

취미는 자신의 즐거움이며 자유로운 것이기 때문에 자신의 페이스에 맞게 좋아하고 마음 내키는 대로 하면 된다. 정년 후에 어떤 일에 종사하더라도 취미를 가지게 되면 한숨 돌릴 수도 있고 기분을 전환할 수도 있다.

진정 스스로 즐길 수 있는 것이 있으면 정신적으로도 젊음을 유지할 수 있으며 건강에도 도움이 된다. 여름의 찌는 듯한 더운 날씨에 게이트볼에 몰두하고 있는 노인들을 보면 그 사실을 알 수 있다. 그들은 정말 건강하다. 잠깐 쉬려고도 하지 않고 열중한다. 좋아서 하는 일이기 때문에 건강의 원천이 된다.

정년 후에 뭔가를 하려고 할 때에는 지나치게 실익을 따지지 않는 편이 좋다. 우선 흥미로우며 즐길 수 있는 일을 해보는 것이 좋다.

## 필요없는 존재라 느껴질 때의 처방전

삶의 보람이 되는 취미를 가지고 있는 사람은 알고 있을 것이다. 한 가지 일을 깊이 알려고 하면 할수록 그것의 심오함에 놀라게 된다는 걸…. 어떤 일을 정말로 좋아하게 되면 자신이 만족할 때까지 그 일을 하고 싶어한다. 그러나 그것이 그렇게 간단하게 실현되지는 않는다.

피아노가 취미인 사람은 어떻게든 쇼팽의 곡을 연주하고 싶다는 바람을 가지게 된다. 그러나 모차르트나 베토벤의 곡을 연주하다 매우 어렵다는 것을 느끼게 되고 좀처럼 쇼팽의 곡까지는 이르지 못하는 것이 현실이다. 한 가지 일에 정통하게 되는 것은 그처럼 어렵다.

그럼에도 한 가지만으로는 만족하지 못하고 여러 가지 취미를 가지고 싶어하는 사람이 많다. 여러 가지 일에 호기심을 가지는 것은 좋은 일이지만, 금방 싫증을 내면 바람직하지 못하다. 이것저것 들여다보다 어느 것에 빨리 싫증을 내어 다른 것에 흥미를 가지는 것은 윈도우 쇼핑을 하는 것과 마찬가지이다.

단지 한 가지에만 만족하라는 것은 아니다. 가능한 한 두세 가지의 취미에 초점을 맞추고 열중하는 것이 좋다. 그렇지 않으면 모두 도중에서 그만두게 되어 진정한 재미를 느낄 수 없게 된다.

중요한 것은 자신의 취미에 재미를 느끼는 것이다. 이것이 삶의 보람과 기쁨으로 이어져 노후 생활에 생기기 쉬운 불안과 초초함을 없애준다.

몰입할 수 있는 것이 있어야 삶의 가치를 느끼게 된다. 사회에서 은퇴하면 무의식적으로 자신은 필요 없는 존재라고 생각하기 쉬운데 이런 생각을 없애주는 것이 삶의 보람과 삶의 가치이다.

그러려면 이것저것에 눈을 돌리지 말고 자신의 취미를 확실히 선택해야 한다. 이것저것 하고 싶어하지 말고 두세 가지의 취미에서 만족할 줄 알아야 한다. 그리고 일단 선택했다면 포기하지 않아야 한다.

바둑이 취미인 사람의 예를 들어보겠다. 이 사람이 바둑의 매력에 빠져들었다면 가능한 한 많은 시간을 바둑 두는 데에 할애할 것이다. 바둑 대회에 나가거나 바둑 동호회에 참석하거나 집에서 맞수와 바둑을 두거나 바둑에 관한 책을 읽거나 부인에게 바둑을 가르쳐줄 것이다.

이 사람의 생활을 상상해보면 노후에 그다지 돈이 들지 않는다. 가끔 바둑 대회에 나가기 위해 여행을 떠나는 일도 있겠지만 보통 때는 기원이나 마을 회관, 아니면 대개는 집에서 바둑을 두며 생활할 것이다. 돈이 들지 않는 인생이라고 해서 대수롭지 않은가 하면 그렇지 않다. 본인이 너무 바둑을 좋아해서 거기에서 조금이라도 만족을 느낄 수 있다면 행복한 일이다.

그러므로 작은 공간이라 할지라도 거기에서 자신의 세계를 만들 수 있으면 좋다. 작은 세계라고 해서 보잘것없는가 하면 조금도 그렇지 않다. 어떤 일이든 하다 보면 그것의 심오함을 알게 된다. 그 세계에서 만족할 줄 알면 살아가는 것 자체가 한없이 풍요로워진다.

자신이 좋아하는 일에 열심히 몰입하면 생활에 활력이 생기고 일상 생활에서 리듬이 생겨나 안정된 생활을 보낼 수 있게 된다. 좋아하는 일뿐만 아니라 금전 지출 계획도 세워보라. 그러면 장래에 대한 계획을 세울 수 있기 때문에 여러 가지 의미에서 노후의 불안을 없앨 수 있다.

## 목표의 쓰임새

C씨는 50세가 되었을 때 피아노를 치기 시작하려고 결심했다. 대부분 '그건 무리일 텐데…' 하고 생각할 것이다.

그는 피아노를 조금 배운 적이 있었다. 고등학생 때 바이엘이라는 초급 피아노 교본을 독학으로 대충 배웠다. 그러다 대학교 입시 준비를 하느라 피아노에 대한 열의가 식고 말았다.

50세가 넘어 시간적인 여유가 생기자 무언가 해보자고 생각했을 때 피아노에 대한 꿈이 되살아났다. 거실에 놓여 있던 피아노는 아이들에게도 버림받고 거추장스러운 취급을 받았다. 그는 뜻을 굳혔다.

그는 바하의 음악을 좋아하여 예전부터 바하의 곡을 연주하고 싶어했었다. 그래서 바하의 곡 중에서 쉽다고 알려진 인벤션을 치기로 했다. 인벤션이란 바하가 자기 아이를 위해서 쓴 50곡이 들어 있는 연습곡집이다. 인벤션은 쉽다고는 하지만 바하의 곡 중에서나 쉽지 일반인이 연주하기에 쉬운 곡은 아니다.

철학자인 츠치야 겐지土屋賢二 씨도 이 인벤션에 도전하였다가, 너무 어려워서 감당할 수 없었다고 한다. 오른손과 왼손이 각자 따로 놀아 아무리 해도 손이 생각대로 움직여주지 않았다고 한다. 결국 인벤션을 포기했지만 그렇다고 해서 츠치야 씨가 피아노를 완전히 포기한 것은 아니었다. 재즈 연주로 방향을 바꾼 것이다. 같은 피아노 연주라고 해도 자신에게 맞는 곡이 있는 듯하다.

C씨는 애초부터 바하를 좋아했기 때문에 끈기 있게 조금씩 왼손과 오른손이 각자 잘 움직이도록 연습하며 익혀갔다. 마치 거북이가 걸어가는 것처럼 한걸음 한걸음씩 착실하게 습득해갔다.

연습한 지 3년이 지나자 겨우 인벤션 1번을 칠 수 있게 되었다. 물론 C씨는 기뻐서 어찌할 바를 몰랐다. 그리고 놀랍게도 3개월 뒤 인벤션 2번을 칠 수 있게 되었다. 2번을 치려면 또 3년이 걸린다고 생각하기 쉽지만 그렇지 않았다. 1번을 연습하던 3년 동안에 그의 실력은 엄청나게 늘어나 있었다. 그는 이 정도라면 자신이 있다고 희망을 가졌다.

그는 인벤션의 전곡을 칠 수 있는 날을 마음에 그릴 수 있게 되었다. '좋아서 하면 금방 능숙해진다' 는 말이 있듯이 의욕만 넘치면 50대라도 무슨 일이든 충분히 도전할 수 있다.

적극적인 사람은 지나치게 건강을 걱정하지 않고 이제 나이가 많으니까 하며 나이에도 얽매이지 않는다. 또 적극적인 사람은 자신의 목표를 가지고 있기 때문에 관심이 그 목표를 향하게 된다. C씨도 인벤션의 전곡을 연주하고 싶다는 목표를 가졌다. 목표를 가지게 되는 것은 욕망을 품었기 때문이다.

인간은 역시 언제까지고 욕망을 품고 있어야 한다. 인간이 기쁨을 느끼는 때는 자신의 마음속에 큰 욕망이 있어 그것을 향해 온 힘을 쏟아 그 노력의 결과가 이루어지는 때이다.

욕망이란 안에서 바깥으로 나가는 에너지이다. 목표를 가지면 이 에너지가 활성화된다. 그래서 건강해지고 적극적으로 될 수 있다. 적극적이 된 사람은 자신의 목표를 향해 행동할 수 있다.

C씨가 인벤션을 연주하려고 한 것도 이 곡을 연주해보고 싶다는 욕망이 있었기 때문이다. 그래서 꾸준하게 하나의 곡을 연습할 수 있었던 것이다. 언젠가 반드시 인벤션을 연주해 보이겠다는 희망이 그의 마음속에 있었기 때문이다.

적극적으로 목표를 향해 나아갈 수 있는 것은 희망이 가슴속에 깃들어 있기 때문이다. 앞길에 어려움이 있다고 해도 언젠가 어느 날 나의 희망이 이루어질 수 있다고 믿을 수 있으면 자신의 내부에서 솟아나는 정열을 불태우며 적극적으로 목표를 향해 나아갈 수 있다.

그런 희망을 가지는 것이 언제까지고 마음을 젊게 유지하며 늙지 않는 최선의 방책이다. 그리고 무엇보다도 자신이 좋아하는 일을 할 수 있는 것이야말로 행복 그 자체이다.

## 천천히 끝까지

무슨 일이든 다 해내고 나면 기쁘다. 중도에 포기해버리면 뭐라 말할 수 없는 허무함이 밀려와 역시 나는 가망 없는 사람이라고 생각하게 된다. 물론 인간이기 때문에 좌절할 때도 많다. 그것은 어쩔 수 없는 일이다.

그러나 어떤 일이든 그것을 해냈을 때의 기쁨이 큰 것은 말할 것도 없고 하나의 단락을 지을 수 있어 그 앞이 보이게 된다. 도중에 포기해버리면 포기한 순간부터 앞이 보이지 않는다. 무슨 일이든 끝까지 해낼 수 있으면 인생에 희망의 불빛이 비치게 된다.

끝까지 해내려면 무엇보다 조급함을 버려야 한다. 조급해하면 아무래도 무리하게 된다. 인간에게는 그 각각의 능력과 페이스가 있다. 자신의 능력에 맞게 또 자신의 페이스대로 해나가는 것이 언뜻 보기에는 멀리 돌아가는 것처럼 보일 수도 있지만 그것이 지름 길이다.

때로는 한숨 돌리고 휴식을 취할 필요가 있다. 그러나 절대로 포기하는 일은 없어야 한다. 포기하지 말고 페이스가 너무 빠르다고 생각되면 늦추라. 정신없이 들이대어 효과가 있느냐 하면 그렇지 않다. 적당히 휴식을 취하면서 자신의 페이스를 지키는 것이 훨씬 더 좋다.

등산을 생각해보면 이 사실을 잘 알 수 있다. 휴식도 취하지 않고 처음부터 무리한 페이스로 산을 올라가면 상당한 체력이 없는 한 곧 지쳐버리고 만다. 다리를 움직일 수 없게 되어 도중에서 산을 더 올라가지 못해 결국 자기 페이스대로 산을 올라온 사람에게 뒤처지게 된다.

'차가운 돌도 3년 간 앉아 있으면 따스해진다'는 격언이 있듯이, 이는 지속하는 것이 중요하다는 말이다. 뿐만 아니라 지속적이면서도 절대로 무리해서는 안 된다는 것 또한 강조하고 있다.

흥미를 가지고 있다 해도 특히 기초 단계는 지루한 법이다. 그럴 때에는 조급해하지 말고 기초가 몸에 배도록 천천히 해나갈 필요가 있다. 그러나 조급해하는 사람은 앞으로만 나아가려고 한다. 기초가 튼튼하지 않으면서도 조급히 앞으로 나아가려고 하면 언젠가 이전의 공백을 나중에 메워야 할 처지가 되고 또 벽에 부딪치게 된다. 이런 상태에서 벽에 부딪치면 그 벽이 도저히 뚫을 수 없는 벽이 되어 앞길을 가로막는다. 조금 따분하더라도 조급해하지 말고 차분하게 하다 보면 즐거워진다.

여기서 바하의 인벤션에 도전한 C씨의 이야기로 되돌아가면 그는 인벤션 1번을 연주할 수 있기까지 3년이 걸렸지만 언제쯤 연주할 수 있을까 하고 시간적인 계산은 하지 않았다. 그냥 '이렇게 연주하면 언젠가는 연주할 수 있겠지!' 하며 느긋하게 마음먹었다. 그런데 실제로 3년이란 세월이 필요했다.

그러나 주목해야 할 것은 그 다음에 도전한 인벤션 2번은 연주하는 데 3개월밖에 걸리지 않았다는 사실이다. 이는 처음의 3년이란 세월의 가치를 말해주고 있다. 3년 동안에 자신도 모르게 기초가 배었던 것이다. 기초는 일단 몸에 배면 그것을 응용할 수 있는 기본적인 힘이 된다.

어떤 일이든지 3년 간 무리 없이 해나가면 일단 기초가 쌓이게 된다. '차가운 돌도 3년 간 앉아 있으면 따스해진다' 는 말은 그 기준을 나타내는 말로 실로 명언이다. 따라서 무슨 일이든 시작했다면 조급해하지 말고 3년 간 그 일과 잘 사귀어보도록 하라.

## 함께할 친구가 있다면

3년 간 계속 노력하는 것은 자신의 의지에 달려 있지만, 응원해주는 사람이나 취미를 같이 즐길 친구가 있으면 더욱더 든든해진다. 취미를 오래 지속시키기 위해서는 그 취미를 같이할 친구가 있으면 좋다. 동아리 모임에 들어가려고 해도 혼자서는 어색하기도 하고, 처음엔 용기가 필요하다. 그런데 같이 갈 친구가 있으면 마음이 편해진다. 동아리 모임에 대한 인상도 서로 이야기할 수 있으며 그 모임이 우리와 어울리는지 아닌지도 서로 의논할 수 있다.

그 모임에 동화되면 같은 일을 좋아하는 멤버들이기 때문에 바로 친해질 수도 있다. 그래서 서로 격려할 수 있으면 혼자서 외롭게 애쓰는 것보다 훨씬 더 오래 취미를 지속시킬 수 있다.

선배의 조언에는 겸손하게 귀 기울여 듣는 것이 좋다. 취미의 세계는 오랜 경험이 좌우하는 세계이다. 어려운 일이 있거나 생각하는 만큼 진전되지 않으면 어떻게 하면 좋을지 친절하게 충고해줄 것이다. 그것이 큰 격려가 되기도 한다.

또한 선배들의 장점을 자기 것으로 만들도록 하라. 자기 혼자서 애쓰며 노력할 것이 아니라 취미를 잘 즐기는 사람은 어떻게 하는지 잘 관찰해보라. 그러면 취미를 즐기는 사람에게는 '과연 그렇구나!' 하고 수긍할 만한 무언가가 있다는 것을 발견하게 될 것이다. 물론 그것을 바로 흉내낼 수는 없지만 취미를 지속해가는 사이에 큰 도움이 될 것이다.

취미를 오래 지속시키기 위한 첫 번째 비결은 그것을 즐기는 것이다. 취미가 재미있어 동아리 모임에 가는 날이 기다려지면 가장 바람직하다. 동아리 모임에 잘 동화되면 자연히 그렇게 된다.

그러므로 자신에게 맞는 동아리 모임을 선택하는 경우 두세 명의 친구라도 좋으니까 서로 잘 상담해보고 여기라면 괜찮겠다는 결론에 이르면 바로 그 모임에 들어가보라. 그리고 모임에서 친구가 생긴다면 더 이상 말할 수 없이 좋은 일이다.

## 싫증나지 않고 점점 더 재미있어지는 지점

취미나 삶의 보람이 생기면 자신이 모처럼 좋아서 하는 일인 만큼 그 내용을 충실하게 하는 것이 좋다. 타성에 젖어 하거나 막연하게 하면 매너리즘에 빠져 쉽게 싫증을 내고 만다. 처음에는 신선하고 재미있어도 머지않아 왠지 같은 일을 되풀이하고 있는 것 같아 별것 아니라는 느낌이 들면 재미도 즐거움도 없어지고 만다. 이렇게 되면 무엇 때문에 취미를 가지고 있는지 모르게 된다.

취미 생활을 계속하기 위해서는 지금보다 강도를 조금씩 높여 자신의 세계를 넓혀가는 것이 중요하다. 등산을 시작한 경우 처음에는 걷기 쉬운 초보자용 하이킹 코스라 해도 겨우 다른 사람의 도움을 받으면서 걷는 정도가 고작일 것이다.

초보자는 그렇게 해서라도 산을 올라가면 자신도 산에 올랐다는 생각에 기뻐진다. 그리고 비슷한 초보자용 코스를 몇 개 더 오르게 되면 머지않아 그런 코스에 성이 차지 않게 된다. 다리도 튼튼해지고 체력도 강해지며 산에 대한 두려움도 없어지게 된다.

그렇게 되면 좀더 오르기 힘든 산에 도전해보도록 하라. 물론 오를 수 없는 산을 선택해서는 결코 안 된다. 초보자는 어느 정도 걸을 수 있게 되면 이제 웬만한 산은 다 오를 수 있다고 생각하기 쉬운데 산은 온순할 때도 있지만 매우 난폭할 때도 있다. 산은 날씨가 좋을 때에는 걷기 쉬운 하이킹 코스이지만 폭풍우나 천둥, 번개가 엄습하면 베테랑이라 할지라도 어려움을 겪는 때가 많다. 조심하지 않고 길을 잘못 들어서면 산골짜기에 들어가 미로에 빠지는 경우도 있다.

목표를 높게 잡는 것은 좋지만 자신의 능력에 맞게 세워야만 한다. 그렇지 않으면 터무니없는 피해를 볼 수도 있다. 자신의 한계에 맞는 목표를 세우는 것이 좋다.

이 목표를 충분히 달성했다면 그보다 조금 더 높은 목표를 설정한다. 이렇게 하면 취미의 세계가 한걸음 한걸음씩 넓어져 간다. 취미의 세계가 넓어질 때마다 성취감과 기쁨을 느끼게 될 것이다. 그렇게 되면 쉽게 싫증나지 않고 점점 더 재미있어질 것이다.

이와 같이 자신의 능력 범위 내에서 현실 가능한 목표를 세우고 계속해서 도전해가는 것이 취미를 더욱더 재미있게 만드는 비결이다.

차츰 취미의 세계가 더욱더 넓어지고 깊어져 자신이 조금씩이라도 향상되어 간다는 것을 실감하면 더욱더 큰 목표를 생각하게된다. 지금은 한걸음 한걸음씩 나아가고 있지만 그것이 반복되면 큰 비약으로 이어질 수 있다.

바하의 인벤션에 도전한 C씨는 인벤션 전곡을 연주할 수 있다는 확신을 가지게 되었다. 이제는 시간 문제이다. 인벤션 전곡을 연주할 수 있게 되면 좀더 어려운 바하의 곡을 연주하고 싶고, 아니 바하뿐만 아니라 모차르트나 베토벤, 슈만과 쇼팽의 작품에도 도전해보고 싶다는 희망을 품게 된다.

인벤션 1번을 연습하고 있을 때에는 도저히 그런 엄청난 일을 생각하지 못했다. 그러나 꾸준히 한걸음 한걸음씩 해나가다 보면 분명 실력이 늘 것이라고 확신한 때부터 그의 시야는 더욱더 넓어졌던 것이다. 실제로 그는 인벤션뿐만 아니라 모차르트의 소나타 제1장을 연주할 수 있게 되었다.

그가 정말로 쇼팽의 곡을 연주할 수 있을지 없을지는 그리 중요한 것이 아니다. 그런 희망을 가졌다는 것이 중요하다. 왜냐하면 그것이 그가 자신의 인생을 살아가기 위한 희망이기 때문이다. 미래를 향한 진정한 희망이 열린 것이다. 미래에 대한 희망을 가지고 있다는 것은 삶의 기쁨을 충분히 가지고 있다는 것이다.

피아노를 즐겁게 치는 것. 가까운 장래에 자신이 인벤션 전곡을 연주할 수 있다는 것. 이것을 순수하게 기뻐하라. 그렇게 하면 지금이라는 순간이 충실해지고 풍요롭게 된다.

지금의 자신을 한걸음 한걸음씩 풍요롭게 만들라. 거기에서 행복으로의 길이 열리게 된다. 이는 50대부터도 가능한 일이다.

## 일과 관계없는 사람 사귀기의 어려움

다른 사람을 잘 사귀는 사람이 있는가 하면 그렇지 못한 사람도 있다. 20~30대라면 인간 관계도 적극적으로 넓혀갈 수 있다. 그러나 40대가 되면 새로운 인간 관계를 맺는 것이 점점 더 어려워진다. 말할 것도 없이 50세가 지나면 새로운 인간 관계를 맺는 것이 더욱 더 어렵다.

50세가 지나면 성격도 점점 더 완고해진다. 그때까지 업무적인 경험을 많이 쌓아왔기 때문에 그것이 좋은 의미로는 자신감이 되기도 하지만 그와 반대로 완고함이 되기도 한다. 아무리 유연한 사고 방식을 가진 사람이라고 해도 그 완고함이 다른 사람과 사귈 때 반영될 수밖에 없다.

다른 사람과 함께 있는 것보다 혼자 있는 것을 더 좋아하는 사람이라도 젊었을 때는 무리를 해서라도 다른 사람과 사귈 수 있지만 50세가 지나면 이제 그런 무리를 하고 싶지 않을 뿐더러 그런 무리가 통하지도 않아 점점 더 일 이외의 인간 관계가 없어진다.

30~40대는 일에 쫓겨 일 중심의 인간 관계가 되기 쉽기 때문에 일과 관계없는 사람과 사귀는 것이 매우 어렵다. 게다가 그 무렵에

는 아직 아이가 어려서 손이 많이 가게 되고 아이가 학교에 들어가면 진학이나 과외 공부 등 아이에 관한 일로 신경을 많이 쓰게 된다. 일과 가정을 돌보며 힘겨워하다가 문득 정신을 차려보면 50대에 들어선다.

50대가 되면 이제 아이들도 대학생이나 사회인이 되므로 그다지 신경 쓰지 않아도 된다. 물론 늦둥이를 봐 아이가 아직 어린 사람도 있고, 평균적인 나이에 결혼해 30세 전후에 아이를 가져 아이의 학비 문제로 경제적인 어려움에 처해 있는 사람도 있겠지만, 이제는 그다지 아이에게 손이 덜 가게 되고 자신을 되돌아볼 여유도 생긴다.

그럴 때 문득 자신의 주위를 둘러보면 일 이외의 인간 관계가 거의 없다는 것을 깨닫게 된다. 물론 대학교 친구와 계속 사귀어온 사람도 있겠지만 그냥 우정이 깊어서 사귀어온 것이 아니라 서로 정보를 교환하는 등 어떤 실리적인 이유가 있는 것이 대부분이다. 업무적인 관계가 없는 친구와는 동창회에서만 만날 수 있는 것이 대부분의 교우 관계이다.

개중에는 인간 관계가 넓은 사람도 있지만, 의외로 자신의 인간 관계가 좁다는 것을 깨닫게 되는 때는 비로소 자신의 주위를 바라볼 만한 여유가 생기는 50대이다. 대부분의 50대 샐러리맨은 자신이 일 이외의 교제 관계가 거의 없다는 것을 깨닫게 되는데, 그것은 일을 최우선시해왔기 때문에 어쩔 수 없는 일이다. 취미나 서클 활동, 그리고 지역 자치 활동을 통해서 다른 사람과 사귀고 있는 사람도 있겠지만 이들 또한 인간 관계보다 업무적인 관계를 더 중요시했을 것이다.

여성은 일을 한다 해도 업무적인 교제만을 우선시하지는 않는다. 아이, 취미 활동, 지역 활동 등을 통해 의외로 폭넓은 인간 관계를 쌓아가고 있다. 그에 비해 남성은 일을 최우선시해왔기 때문에 그 외의 인간 관계가 별로 없다. 이는 사교적인 사람이든 비사교적인 사람이든 똑같다. 일을 통한 인간 관계는 그 상대가 아무리 사이 좋은 직장 동료라 해도 또 그 상대가 아무리 좋은 사람이라고 해도 이해가 얽혀 있다. 요컨대 업무적인 관계 외에 인간 관계가 없는 사람은 대부분 이해가 얽힌 인간 관계 속에 있는 것이다.

남성의 경우 취미 등을 통해서 맺어놓은 친밀한 인간 관계가 없으면 정년 후에 일을 그만두면 인간 관계가 거의 없어지고 만다. 그에 비해 일을 하는 여성의 경우 전업 주부만큼 취미나 서클 활동을 통한 교제는 없지만 남성보다 더 많은 사적인 인간 관계를 맺고 있다. 이는 역시 남성이 인생의 중심을 일에 두고 있기 때문에 나타나는 현상이다. 나는 과연 어떤 유형의 인간 관계를 맺고 있는지 생각해보자.

# 정말 어려울 때 찾을 친구가 없다면

50대가 되면 인간 관계를 맺는 방식도 그 관계성의 형태도 이미 정해져 있다. 그것은 앞에서도 언급한 것처럼 주로 그 사람의 성격에 따라 크게 좌우된다. 개방적이고 사교적이며 성격이 밝은 사람은 인간 관계도 넓지만 그와 반대로 폐쇄적이고 성격이 어두운 사람은 친구도 거의 없으며 업무적으로 부득이한 교제 이외에는 인간 관계가 좁다.

나이를 먹음에 따라 성격도 바뀔 수 있다. 예를 들어 젊었을 때에는 인상이 그다지 좋지 않았는데 사회에 나가서 성격이 밝아지고 나이가 들면서 사교적으로 변하는 경우도 있고, 또 그와 반대로 젊었을 때에는 사교적이며 성격이 밝았던 사람이 고생을 하거나 인간 관계에서 상처를 입어 성격이 어두워지고 폐쇄적이 되는 경우도 있다. 그러나 50대가 되면 타고난 성격과 그때까지 살아온 환경 속에서 가꾸어진 성격이 조화를 이루어 완성된다고 볼 수 있다.

그런 의미에서 50대에는 인간 관계를 맺는 방식도 완고해진다. 이 나이에 비사교적인 사람이 사교적이 되려고 해도 상당히 어렵다. 그러나 50대가 되고 나서 그때까지 별로 사교적이지 않았던 사람이 사교적이 되어 인간 관계를 넓혀가는 것은 좋은 일이다. 오히려 자신에게는 업무 외적인 친구가 없다고 느낀다면 취미를 통해서라도 교제의 범위를 넓혀가려고 노력하는 것이 중요하다. 단 그때까지 다른 사람과 사귀는 것을 싫어했던 사람은 정말 엄청난 노력이 필요하다.

그럼 어떻게 하면 좋을까? 먼저 자신의 인간 관계를 곰곰이 생각해보는 것이 중요하다. 그때까지는 일에 쫓기고 아이를 키우느라 바빠서 차분히 자신과 주위를 둘러볼 여유가 없었을 것이다. 그러나 50대가 되면 그런 시간과 여유를 가질 수 있게 된다. 그러면 자신이 정말 어려운 처지에 있을 때 상담할 수 있는 친구가 없다는 것을 깨닫게 된다. 그런 사람은 그때까지 별로 자신의 나약함을 보여주지 않으려는 삶을 살아왔을지도 모른다. 또 다른 사람이 어려움에 처해 있을 때 친절하게 상담해주지 않았을지도 모른다. 혹은 '나는 나, 너는 너' 하며 이기적으로 살아왔을지도 모른다. 그런 성격, 사고방식, 삶의 방식이 지금의 인간 관계를 만들었다고 할 수 있다.

그와 반대로 '이 사람에게도 저 사람에게도 상담해보자!' 하며 자신의 나약함을 있는 그대로 드러내어 상담에 응해줄 친구가 많은 사람은 그때까지 사는 동안 다른 사람과 깊은 관계를 맺어왔을 것이다. 또 태연하게 자신의 연약함을 겉으로 드러낼 줄 아는 사람은 경우에 따라서 당장 다른 사람에게 상담하고 싶어하는 의존적인 사람일 수도 있다. 이런 사람은 다른 사람과 관계를 맺지 않으면 가만히 있지 못하는 성격을 가진 사람이 대부분이다.

요컨대 성격은 그 사람의 인간 관계를 형성하는 데에 매우 큰 요인이 된다는 것을 알 수 있다. 지금까지의 인간 관계를 재검토해 보면 자신의 성격 또한 다시 한 번 재검토해보게 된다.

## 자녀와의 관계

그때까지 쌓아온 인간 관계가 다른 사람과의 인간 관계만은 아닐 것이다. 가족과의 관계도 중요하다. 이렇게 말하는 것은 나이를 먹으면 먹을수록 가족과의 관계가 원만한지 그렇지 않은지가 그 사람 인생의 행복과 불행을 크게 좌우하기 때문이다.

50대가 되면 대부분 결혼하고 나서 20~30년의 세월이 흘렀을 것이다. 여러 가지 일이 있었지만 어쨌든 이혼하지 않고 그럭저럭 살아온 사람도 있을 것이며 혹은 원만한 가정을 이루어온 사람도 있을 것이다. 어떤 사람이든 그때까지 결혼 생활을 계속해온 사람은 아이가 어렸을 때보다는 아이에게서 손길이 멀어져 있을 것이다.

자녀에 관한 일은 부인에게 맡기고 살아왔다고 말하는 사람도 많을 것이다. 그러나 부부 관계가 원만하고 부인이 남편을 잘 섬기는 가정에서는 아버지라는 존재가 자녀에게 나름대로의 존재감이 있다. 그러나 이혼까지는 치닫지 않았더라도 부부 관계가 항상 원만하지 못한 가정에서는 어머니가 자녀와 한편이 되어 '아버지는 믿지 못할 사람이야! 어쩔 수 없는 사람이라니까!' 라는 인식을 자녀에게 심어주어 아버지의 말을 듣지 않거나 아버지에게 반항하는 좋지 못한 부자, 부녀 관계가 될 수도 있다.

어쨌든 그런 대로 부자 관계를 이어간다면 큰 하자는 없지만 문제는 자녀가 아버지를 무시하는 가정 속에서 아버지의 존재가 매우 희박해지는 경우이다. 이미 그렇게 되어버린 18세가 넘은 자녀와의 관계를 회복하는 것은 매우 어려운 일이다. 그러나 아버지로서 희망을 버리면 안 된다. 20세에는 이해하지 못했던 아버지의 삶의 방식을 30세가 되어 알게 되는 경우도 있다. 그 자녀도 자신이 부모가 되고 나서 부모의 노고를 알게 되는 것이다. 자신의 가정을 가진 후에야 비로소 아버지의 마음을 이해할 수 있게 되어 오랜 세월 사이가 좋지 못했던 부자, 부녀 관계가 회복되는 경우도 종종 있다.

## 부부 관계

 

 

 

 

50대에 들어서면 부부가 서로의 관계를 재검토해볼 필요가 있다. 아내는 아이에게 손이 덜 가게 되고 시간의 여유가 생기면 자신의 생활을 직시하게 된다. 남편과의 관계도 다시 생각하게 되고 육아와 가사에 쫓겨온 자신의 인생은 도대체 무엇이었을까 하고 생각하게 된다. 그래서 '지금까지는 내가 하고 싶은 일을 꾹 참아왔지만 이제부터는 내가 하고 싶은 일을 해야지!' 하고 마음먹게 된다. 그럴 때 취미와 서클 활동을 하거나 문화 센터에 다니며 공부하는 사람도 많다. 다소 남편에게 불만이 있더라도 시간적으로 경제적으로 여유가 생겨 그때까지 해보고 싶었던 일을 할 수 있게 되면 욕구 불만을 해소할 수 있게 된다.

그러나 남편에 대해 끊임없이 불만을 쌓아온 사람은 '이제 이 사람과 함께 살면서 참을 필요가 없어! 이혼해서 자유로워지고 싶다!' 고 생각하게 된다. 대부분의 남성은 그런 아내의 마음을 알아차리지 못한다. 막 50대에 접어들면 회사에서의 책임도 커지고 아직 일하기 바쁜 시기이다. 그래서 이 무렵에 부부간의 균열이 생기기 쉽다.

아내는 부부가 앞으로 생활을 같이 해나갈 수 있을지 어떨지 의문을 품게 된다. 남편이 아내의 심경에 변화가 생겼다는 것을 눈치채지 못하고 그때까지의 생활을 지속하면 갑자기 이혼 이야기가 나와 청천벽력과 같은 상황에 놓일 수도 있다. 아내가 불만을 품고 있을 때에는 당연히 그 불만이 말과 행동으로 나타날 것이다. 그것을 정확하게 파악할 수 있는 것이 중요하다. 또 그때까지의 자신의 생활에 아내가 정나미가 떨어져 있다면 자신의 생활을 바꿀 수 있는지 진지하게 생각해보아야 한다.

## 아내가 생각하는 남편, 남편이 생각하는 아내

어느 부부의 이야기이다. 남편이 이제 자신은 50대 중반이라 정년 후의 일을 고려해야 한다고 생각하고 있던 무렵 갑자기 아내가 이혼을 요구해왔다. 그 부부에게는 아들이 둘 있었는데 장남은 이미 대학을 졸업하여 회사에서 일하고 있었고 차남은 막 대학교를 졸업한 상태였다.

"아이들도 이제 대학을 졸업하여 혼자서 살아갈 수 있는 나이가 되었으니 나도 당신과 헤어져 혼자 살아가고 싶어요!" 하고 아내가 말을 꺼냈다.

그런 말을 들은 남편은 아내가 무엇을 말하고 싶어하는지 이해하지 못했다. 그러나 아내가 "여기에 서명해주세요!" 하고 꺼낸 이혼 서류를 본 남편은 매우 화를 내었다.

"당신, 도대체 무엇을 생각하고 있는 거야? 바보 같은 소리 하지 마!" 하고 남편이 고함쳤다.

그러자 아내는 "아뇨, 바보 같은 소리가 아니에요! 나는 언젠가 당신과 이혼하고 혼자 자유롭게 살아갈 것만을 생각하며 오랜 세월 참아왔어요. 이제 둘째 아이도 대학교를 졸업했으니 제 역할은 일단 끝났어요. 이제 당신과 함께 살고 싶지 않아요!" 하고 말했다.

그러나 남편은 몹시 화를 내며 "왜 그래? 왜 그렇게 나한테 불만이 있는 거야?" 하고 되물었다. 아내로부터 되돌아온 말은 이런 것이었다.

"아직 아이는 어리고 병으로 쓰러진 어머니를 집으로 모시고 와서 병간호 할 때 당신은 제게 조금도 협력해주지 않았어요. 당신 어머니인데도 나에게만 어머니 병간호를 맡기고 당신은 일이 바쁘니까, 약속이 있으니까 하며 휴일에도 거의 집에 있지 않았잖아요. 아직 아이들이 유치원생이라 아이들을 돌보랴 당신 어머니를 돌보랴 제가 얼마나 힘들었는지 당신이 깊게 생각해본 적이 있어요?"

"나도 그때 막 과장이 된 무렵이라 책임도 크고 일 때문에 힘들었어. 도저히 거기까지 신경 쓸 수 없었던 것은 당신이 더 잘 알잖아? 내가 잔업을 그렇게 많이 했기 때문에 생계를 유지할 수 있었던 것 아냐? 휴일의 약속도 전부 일 때문이었어. 그런 모든 것이 당신과 아이들을 위해서 한 일이었단 말이야!"

하고 남편이 대답하자, 아내는

"아뇨. 그 모든 것이 일 때문이었다고는 생각되지 않아요. 설령 모든 것이 일 때문이었다고 해도 저의 힘든 상황을 당신이 조금이라고 이해해주었다면 제가 그렇게 힘들어하지 않았을 거에요!"

이 외에도 아내의 남편에 대한 불만은 끝이 없을 만큼 많았다. 예를 들어 아직 아이들이 어렸을 무렵, 휴일에 아내가 열이 심해서 일어나지 못하는 상태에 있을 때 "제가 열이 심해 움직일 수 없으니까 오늘은 외출하지 말고 아이들을 좀 돌봐주세요." 하고 부탁했는데도 불구하고 남편은 "이전부터의 약속이니까 지금 와서 거절할 수 없어!" 하며 아픈 아내와 어린 아이들을 남겨놓고 골프를 치러 갔다.

"딱 하루 아이들을 봐달라고 부탁했는데 당신은 약속이 중요하니까 지금 와서 거절할 수 없다며 나가고 말았어요. 그때 나는 이 사람은 나와 아이들이 어떻게 되어도 상관없어 한다는 것을 확실히 알았어요. 친정 어머니에게 전화해서 와달라고 부탁해 그날을 넘겼지요. 만약 친정집이 멀리 떨어져 있어 친정 어머니가 오시지 못했다면 어떻게 되었을지 몰라요. 그때 당신과는 도저히 평생 살아갈 수 없다고 생각했어요."

아내는 남편에 대한 불만이 끝이 없었다. 그리고 그런 불만이 계속 쌓이면서 아내의 마음이 남편으로부터 멀어져 갔던 것이다.

"이미 10년 전부터 아이들이 무사히 대학을 졸업하면 나는 당신과 헤어지려고 결심했어요." 하고 아내가 말하자 남편은 그런 아내의 이야기를 듣고 깜짝 놀랐다. 남편은 그런 일을 대부분 대수롭지 않게 생각하고 있었고 또 잊어버리고 있었던 것 같았다. 그런 일이 반복되어서 아내가 이혼하겠다고 결심하리라는 것은 상상도 못했던 일이다.

그는 집안일과 아이들에 관한 일을 모두 아내에게 맡기고 일에 열중하여 경제적으로 안정되어 있으면 그것으로 족하다고 굳게 믿고 있었던 것이다. 또 그것만이 아내를 위한 일이기도 하고 아이들을 위한 일이라고 생각하고 있었다.

남편은 '정년이 되면 아내와 느긋하게 해외 여행도 즐겨야지' 하고 생각하고 있었다. 그러나 아내는 상당히 오래 전부터 남편과 함께 사는 것을 비롯한 장래의 생활 설계를 하지 않았다. 아내는 이혼하는 경우에 대비해서 생활비를 절약하기도 하고 아르바이트도 하며 자신의 장래 생활을 위해 저축을 하고 있었다. 또 수년 전부터 가사 도우미 일을 해서 경력을 쌓았으며 사회복지사 자격증도 획득하여 자립할 길을 세우고 있었다. 그리고 아내의 요구는 집은 필요 없기 때문에 위자료로 남편이 퇴직금을 받으면 그 반을 달라는 것이었다.

남편은 어떻게든 아내의 마음을 돌려보려고 여러 가지로 설득하기도 하고 큰 소리를 치기도 하며 마지막에는 애원까지 했지만 이미 아내의 마음을 돌이킬 수는 없었다. 그리고 결국 아내의 요구대로 이혼을 승낙해줄 수밖에 없었다. 그 후 아이들은 각자 집을 나와서 독립하였고 아내는 혼자 방을 빌려 그때까지 참아온 것을 풀수 있도록 매일 일하고 취미 생활도 하며 친구와 사귀기도 하는 등 즐겁게 살아가고 있다.

남편은 회사에서 계속 한직으로 밀려나 술에 찌들어 우울증에 걸리는 등 황폐해지다가 2, 3년 지나 정년을 눈앞에 두자 조금 안정을 되찾았다. 그러나 그때까지 집안일을 모두 아내에게 맡겨왔기 때문에 혼자 생활하는 것에 적응하지 못해 집안은 항상 어질러져 있고 식사도 외식으로 때우는 생활을 하고 있다.

황혼 이혼은 지금 소개한 바와 같이 아내측에서 요구하는 경우가 많다. 지금까지 일만 하며 가정이나 아이 일은 거의 모두 아내에게 맡겨두고 전혀 신경 쓰지 않고 달려온 사람이 많을 것이다. 그런 사람들은 아내가 무엇을 생각하며 생활하고 있는지 거의 모르고 있다. 그리고 정년 후에는 취미와 여행을 즐기면서 아내와 평온한 생활을 누리고 싶다고 생각하는 등 가정에 관심을 가질 수 있는 여유가 생길 무렵 아내로부터 이혼해달라고 요구받는 경우가 많다.

50대는 황혼 이혼으로 이어질 수 있는 과도기라고 할 수 있다. 위의 예처럼 오랜 세월 불만을 쌓아오면서 아이가 크면 이혼하겠다고 몰래 결심하며 생활하는 아내들이 의외로 많다. 그러나 남편은 그런 아내의 결심은커녕 아내가 자신에게 불만을 품고 이미 자신을 버렸다는 사실을 상상조차 못한다.

겉으로 보기에 부부간에 불화가 없다고 해도 안심할 수 없다. 그것은 이미 아내가 남편에게 정나미가 떨어져 '이 사람에게는 무슨 말을 해도 헛수고니까' 하고 헤어질 결심을 하여 '자신과는 상관없는 사람'이라고 간주하고 있기 때문일지도 모른다. 언뜻 보기에 부부 사이가 좋은 것처럼 보이는 부부가 갑자기 이혼할 때가 있는데 이 또한 아내가 남편에게 정이 떨어져 있기 때문이다.

그런 의미에서 때로는 멋지게 부부 싸움을 하는 편이 오히려 부부간의 유대를 강하게 한다. 서로가 상대에게 요구하는 것이 있기 때문에 부부가 부딪치는 것이다. 서로가 상대에게 요구해도 쓸데없는 일이라고 생각하게 되어 부딪치지 않게 되면 부부의 균열이 깊어진다.

이런 예를 '타산지석'으로 삼아 자신의 부부 관계를 돌이켜볼 필요가 있다. 50대는 부부간의 유대를 다시 확인하고 심화시킬 수 있는 기회이다.

## 아이 때문에 살아온 부부였다면

세상에는 이미 마음이 멀어져 있는데도 이혼하지 않고 가정 내 이혼 상태로 결혼 생활을 계속하고 있는 가정도 있다. 정년 후에 같은 집에 살면서도 서로 거의 대화를 나누지 않고 식사도 완전히 따로 하는 부부도 있다. 이는 경제적인 이유를 비롯해 현실적인 이유 때문에 이혼하기로 결단을 내리지 못하고 있는 것뿐이다.

그러나 그런 상태로는 서로가 즐거울 수 없다. 옛날에는 이혼에 대한 세상의 인식이 나빴지만 지금은 그렇지 않다. 가정 내 이혼 상태라면 차라리 깨끗이 이혼해버리는 편이 더 낫다고 생각하는 사람도 많을 것이다. 부부 관계가 회복 불능 상태라면 과감히 이혼하는 것도 어쩔 수 없는 일이다. 그러나 남편에게 그럴 의향이 전혀 없다면 부부 관계를 회복하려고 노력해볼 필요가 있다. 물론 아내의 모든 불만에 대해 납득이 가지 않는 부분도 있을 것이다. 대부분의 남편이 자신도 나름대로 가정에 충실하며 살아왔다고 생각하고 있기 때문이다. 그러나 곰곰이 돌이켜 생각해보면 아내의 불만도 이해할 수 있는 것들이다.

아이가 자립하여 부부 관계를 다시 생각해보게 되는 시기는 50

대 초반이다. 이 시기는 부부 관계가 좋든 나쁘든 아이가 성장하여 두 사람 간의 완충 장치가 없어지는 시기이기도 하다. 그래서 두 사람의 관계가 뚜렷하게 드러나게 된다. 그때까지 부부가 서로 협력하여 원만하게 잘 지내온 가정이라면 부부 두 사람이 여러 가지를 즐길 수 있는 제2의 밀월 시대가 될 수도 있지만 아이 때문에 성립되어온 부부 관계였다면 문제가 나타나게 된다.

위기 없이 이 시기를 잘 넘기는 부부도 많을 것이다. 단 그 위기가 40대 후반에서 50대 초반에 찾아올 것인지 정년을 앞둔 60세 전후에 찾아올 것인지는 아이의 나이와 부부의 부모 문제 등 여러 가지 상황에 따라 바뀔 수 있다.

부부에게 위기가 나타나고 나서 비로소 아내의 마음을 알게 되는 것이 아니라 가능하면 평소부터 상대가 어떻게 생각하고 생활하고 있는지 주위를 기울이는 것이 중요하다. 아내가 이혼하려는 결심을 굳히고 난 후에 그 마음을 바꾸려고 하면 어렵다. 왜냐하면 그 마음은 몇 십 년에 걸쳐 굳어져 온 것이기 때문이다. 그러나 결심이 굳어져 있지 않았다면 아내의 마음을 바꿀 수 있다.

정년이 되면 '아내와 함께 해외 여행을 하자!' 하고 앞날의 일을 생각하기보다는 지금부터 아내의 마음을 배려해야 한다. 먼저 부부간의 대화가 적다면 아내와 조금이라도 대화를 많이 나누는 편이 좋다. 오랜 세월 같이 살아와 너무 잘 아는 사이라고 생각할 수 있지만 실제로 상대가 무엇을 생각하고 있는지는 아무리 가까운 사이라 해도 대화를 나누지 않으면 모른다. 아마 '아내가 이렇게 생각하고 있었구나!' 하며 놀라는 경우가 많을 것이다.

서로 좋아했기 때문에 또 인연이 깊었기 때문에 결혼하여

20~30년 간 살아왔을 것이다. 평생 함께 살아갈 수 있다면 행복한 일이다. 그러려면 50대 초반에 아내가 무엇을 생각하고 어떻게 생각하고 있는지 또 지금의 생활에 만족하고 있는지 살펴보며 아내를 배려해주어라. 그리고 가능한 한 아내와 대화를 많이 나누고 아내와 함께 있는 시간을 늘려라. 그렇게 하면서 아내와 자신과의 관계를 곰곰이 재검토해보고 앞으로의 인생 설계를 함께 상의해나가면 된다. 아이가 자립 한 후 50대부터의 인생이야말로 부부가 두 사람의 인생을 함께 맛보고 즐길 수 있는 시기이다.

## 노부모를 부양해야 하는 시기의 부부

고령화 사회가 되어 수명이 길어짐에 따라 80~90대의 건강한 노인들이 많다. 그런 분들의 자식이 50~60대의 연령이다. 60대의 자식이 80~90대의 부모를 돌보게 되면 정말 2대에 걸친 노인 수발이 될 수 있다.

이제 평균 수명이 80세 전후의 시대이다. 그분들의 자식이 거의 50대인데 이때에 새로운 문제에 봉착하게 된다. 즉 겨우 자신의 아이들을 자립시킬 무렵에 부모를 돌보아야 하는 문제에 직면하게 되는 것이다. 80세 전후가 되면 아무리 건강하다 해도 여러 가지 병에 걸리기 쉽다. 그래서 병원 신세를 많이 지게 되고 경우에 따라서는 치매 증상이 나타날 수도 있다.

그렇게 되면 부모를 돌보아야 하는 문제가 생긴다. 지금은 부모와 같이 살고 있는 가정보다는 부모와 떨어져 살고 있는 가정이 더 많다. 핵가족화가 확대됨에 따라 부모 세대도 건강한 이상 자식과 함께 살기를 원하지 않는 경향이 강하다.

장수할 수 있게 된 것은 매우 기쁜 일이다. 그러나 50~60대가 되어 자신의 건강에도 불안이 생기는 세대가 고령의 부모를 돌보아야 하는 경우가 늘어나고 있다. 40~50대에 따로 살고 있던 부모가 병에 걸려 함께 살아야 하는 문제를 떠안게 되는 경우 또한 증가하고 있다. 이 세대에 속하는 사람들은 전후에 태어났고 형제는 많지 않지만 요즘과 같이 아이를 하나만 둔 경우는 적으며 두세 명의 아이를 둔 경우가 많다. 당연히 부모를 누가 돌보아야 하느냐가 문제가 된다.

M씨 부부는 50대 초반이다. 다행히 두 사람의 부모 모두 건강하고 남편의 부모는 각각 80세, 79세이며 아내의 부모는 모두 80세이다. 그에게는 누이동생이 한 명 있는데 이혼하여 대학생인 아들과 살고 있으며 일을 하고 있다. 부인에게는 오빠가 한 명 있는데 이 오빠는 결혼할 무렵에는 부모와 같이 살고 있었지만 올케와 친정 부모와의 사이가 나빠 10년 전부터 따로 살기 시작했다. 그 이후 친정 부모와 오빠 부부는 왕래가 끊어지다시피 했다.

그런데 얼마 전 양쪽 부모의 건강에 문제가 생겼다. 그의 어머니는 대퇴 관절에 이상이 생겨 두 번에 걸쳐 수술을 받았다. 어머니께서 병원에 입원하고 계실 때 누이동생이 아버지를 돌보아주었다. 어머니는 수술을 받고 나서 상태가 좋아지긴 했지만 그 전처럼 건강하지는 않다. 환절기에는 통증이 재발하기도 하는데 요즘에는 간신히 물건을 사러 나가는 정도이다. 그는 부모의 나이를 생각하여 머지않아 부모와 같이 살아야겠다고 생각하고 있다.

게다가 수년 전부터 부인의 친정 어머니에게 치매 증상이 나타나기 시작했다. 연말에는 항상 친정 어머니가 정월 음식을 빈틈없이 준비해놓았는데 금년에는 장을 보기는 했지만 음식을 전혀 준비해놓지 않으셨다. 친정 아버지로부터 이야기를 들어보니 어머니가 머리를 자르기 위해 미용실에 간다고 나갔는데 보통 때 같으면 한두 시간이면 돌아오는데 몇 시간이 지나도 집에 돌아오지 않아 나중에 물어보니 돌아오는 길을 잃어버렸다고 한다.

또한 친정 어머니는 장을 보러 가면 자주 잔돈 받는 것을 잊어버린다고 한다. 1년에 한두 번밖에 만나지 못하기 때문에 얼마 전까지는 그 사실을 몰랐지만 친정 어머니와 이야기를 해보니 금방 이야기한 것을 또 반복해서 이야기하신다.

그것이 치매의 초기에 나타나는 징후인데 친정 어머니가 M씨 집에 놀러 왔을 때에는 화장실이 어디에 있는지 몰라 당황하여 허둥지둥한 일도 있었다. 수년간 치매가 진행되어 지금은 식사 준비나 청소 등 가사는 모두 친정 아버지가 하고 있다.

그런 상태인데도 부인의 친정 아버지는 어머니를 병원에 데려가려고 하지도 않고 치매 보험에 드는 등 노인 복지를 이용하려고도 하지 않는다. 친정 아버지가 시골에 살고 있고 옛날 사고방식을 가지고 있어, 나이를 먹으면 조금 의식이 흐려지는 것은 어쩔 수 없는 일이라고 생각하며, 또 치매 증상이 있는 부인을 밖으로 데리고 나가는 것을 싫어하는 면도 있는 듯했다.

어느 날 그의 부인이 친정 아버지로부터 "어머니는 신체적으로는 아무 이상이 없으니 나보다 더 장수하실 것 같구나. 그렇게 되면 수고스럽겠지만 어머니를 잘 부탁해!"라는 말을 들었다.

그가 이제 곧 자신이 부모와 함께 살며 그들을 돌봐주어야겠다고 생각하고 있던 무렵 부인으로부터 그런 이야기를 들었다. 이렇게 되면 경우에 따라서 그들 부부는 가까운 장래에 자신의 부모와 부인의 부모까지 모셔야 하는 상황에 놓이게 될지도 모른다. '지금

사는 작은 집에서 만약 그런 일이 벌어지면 어떻게 하지!' 하고 그는 어찌할 바를 몰라했다.

그는 장인에게 지금 장모를 병원에 모시고 가서 진찰을 받아보게 하는 것이 어떻겠냐고 말했다. 지금같이 의술이 발달된 시대에는 약으로 치매 증상의 진행이 멈출지도 모르며 의료 보험을 이용하면 장인의 부담도 줄어 노부부가 조금이라도 건강하게 오래 살수 있다고 생각했기 때문이다. 그러나 장인은 완고하게도 '본인이가고 싶어 하지 않으니까!' 하면서 장모를 병원에 데려 가려고 하지않는다.

그래서 그는 부인에게 어떻게든 장인을 설득하여 부인과 장인이 함께 장모를 병원에 데려가면 어떻겠냐고 제안했다. 그러나 부인은 친정 아버지의 완고한 성격을 잘 알고 있기 때문에 '무리'라고 말했다. 그 일이 계기가 되어 그는 부부 싸움을 크게 했다.

이 M씨의 경우 외에도 연세 드신 부모를 부양해야 하는 상황이되면 그것이 계기가 되어 서로 사고방식의 차이와 현실적인 문제의심각성 때문에 생각지도 않았던 감정적인 거리가 생길 수도 있다.

그러나 문제가 나타나고 나서 상대를 더욱더 이해하게 되는 경우도 있다. 자신이 부모가 되어야 비로소 부모의 마음을 알게 된다. 그러면 부모에 대한 고마움도 알게 된다. 가능한 한 부모를 돌보아드리고 싶다는 마음을 가져야 한다. 그런 마음을 서로 이해할 수 있으면 이런 대립도 부부간의 결속을 강화시키는 계기가 될 수 있다.

## 부모를 돌보아드린 체험은
## 앞으로의 인생에 활용할 수 있다

앞에서 언급한 M씨 부부와 같은 경우는 아니라 해도 아이가 자립하여 이제 자신의 생활을 즐겨보려고 생각하는 시기에 부모를 돌보아야 하는 문제를 떠안게 되기 쉽다. 어쨌든 30대에서 40대 초반까지는 체력도 기력도 왕성하기 때문에 여러 가지 어려움을 극복해가는 것이 그다지 어렵지 않다. 그러나 50대가 되면 체력에도 자신감이 없어지고 기력도 예전과 같지 않다. 그래서 큰 어려움에 부딪치면 쉽게 좌절하게 된다.

그렇지만 50대는 아직 한창 일할 나이이다. 몸의 이상이나 체력저하가 걱정되기 시작하는데 그것은 지금까지 해왔던 무리가 이제는 통하지 않는다는 뜻이다. 너무나 신경이 예민해지면 오히려 쓸데없는 염려에 사로잡히고 만다. 그보다 지금까지는 정신없이 달려왔지만 이제부터는 그 속도를 늦추는 것이 좋다는 신호로 생각하라.

대부분 부부 싸움의 원인이 주로 아이에 관한 일이지만 M씨 부부와 같이 부모를 돌보는 문제인 경우도 있다. 부모와 따로 떨어져 살아 1년에 몇 번밖에 만나지 못하는 관계라면 부모의 근황을 자세히 알 수 없다.

떨어져 살아도 서로 가까이 있어 늘 왕래가 있으면 적당한 거리를 유지하면서 부모를 돌보아드릴 수 있고 또 부모에게 건강상의 문제가 생겨도 크게 걱정할 것이 없다. 그러나 부모는 시골에 살고 자식들은 도시에 사는 경우도 많을 것이다.

M씨 부부의 경우 형제가 적고 쌍방 부모의 문제가 동시에 발생했다. 배우자의 부모 자식 간의 관계는 부부라 해도 속속들이 다 알지는 못한다. 설령 부모와 20~30년 떨어져 살았다고 해도 그 사람이 자라난 환경에서 조성된 부모 자식 간의 관계는 뿌리가 깊다. 예를 들어, 남성은 나이가 들어도 마더 콤플렉스(남성이 그 어머니나 어머니를 닮은 여성을 사모하는 경향)가 강하여 어머니의 영향권에서 벗어나기 어렵고, 그와 반대로 여성은 아버지와의 결속이 강해 파더 콤플렉스(여성이 그 아버지나 아버지를 닮은 남성을 사모하는 경향)에서 벗어나기 어렵다.

그런대로 부모가 병 없이 잘 살아가면 좋지만 부모 중 어느 한 분이 병에 걸려 몸져 누워 두 분이 잘 생활해나가지 못하게 되거나 어느 한 분이 사별하여 혼자서 생활할 수 없게 되면 어떻게 돌봐드려야 할지 그것이 문제가 된다.

요즘은 결혼한 남편이 장남이라도 부모와 함께 살거나 며느리가 시아버지와 시어머니를 모시는 것이 당연시되는 시대는 아니다. 그런 대가족 시대에는 고부 관계가 부자연스럽고 문제가 많았다. 지금은 부모와 떨어져 사는 것이 당연시되고 있으며, 부모도 자식도 같이 살기보다는 따로 사는 편이 마음 편하다고 말하는 사람들이 많다.

그러나 나이를 먹어 혼자 살수 없게 되는 것이 큰 문제로 대두

되고 있다. 사람에 따라 자신을 돌봐주는 유료 실버 타운에 들어갈 수도 있다. 그러나 실버 타운에 들어가려면 돈이 수천만 원이나 들며 또 매월 수십만 원이 필요하다. 경제적으로 상당히 여유 있는 사람이 아니면 쉽게 들어갈 수 없다. 게다가 국공립 노인 시설에 들어가려면 순서를 기다려야 하는 상황이다.

그래서 어쩔 수 없이 자식들에게 신세를 져야 하는 상황에 놓이게 된다. 부모가 아직 건강할 때에 만약 부모 중에 어느 한 분이 일찍 돌아가시거나 몸져 눕게 되면 부모에게 어떻게 하고 싶은지를 물어보고 형제가 있으면 부모와 형제, 그리고 부부가 함께 모여 진지하게 상의해보도록 한다. 그리고 자기 가정의 사정도 솔직하게 이야기하며 서로 어떻게 하면 부모가 가장 잘 생활해나갈 수 있을지 상의해야 한다.

그처럼 만약의 경우에 대비한 이야기를 연로하신 부모 입장에서는 듣기 싫어할 수도 있다. 그러나 인간은 언젠가는 죽는다. 만일의 일을 대비해두어야 안심하고 생활할 수 있다. 그리고 부모의 만년의 삶은 자식인 자신들의 앞으로의 삶의 방식에도 참고가 될 것이다. 앞으로의 인생을 충실하게 살고 또 후회 없는 죽음을 맞이하기 위해서라도 그런 체험을 활용하는 것이 중요하다.

## 부부 공통의 화제가 없다면

지금까지 이야기해온 것처럼 50대 부부는 의외로 불화가 생길 수 있는 요인이 많다. 이 시기를 잘 넘어가면 부부가 사이좋게 해로할 수 있다. 그러므로 이 시기의 부부 관계는 매우 중요하다. 오랜 세월 같이 살아와 서로 너무 잘 아는 사이라서 상대를 잘 알고 있을 것 같지만 의외로 그렇지 않다.

상대가 무엇을 생각하고 어떻게 생각하고 있는지를 알기 위해서는 부부간에 커뮤니케이션이 필요하다. 오랜 세월 같이 살아왔는데 새삼스럽게 무슨 커뮤니케이션이 필요하냐고 생각하는 건 금물이다. 인간은 아무리 친한 사이라 해도 대화 속에서 '아, 상대가 그렇게 생각하고 있었구나!' 하며 새로운 발견을 하는 경우가 많다.

그러나 오늘부터 아내와 대화를 나누자고 생각하여 막상 무슨 말을 하려고 해도 공통의 화제가 기껏해야 아이에 관한 이야기에 그치게 된다. 또 아이가 자립해버리면 화제를 찾지 못해 난처해진다. 공통의 취미가 있으면 좋지만 대부분 취미도 전혀 다르다. 부인의 경우 아이가 자립하여 손이 덜 가게 되어 서클 활동에 참가하거나 취미 생활을 통해 인간 관계가 이미 형성되어 있다. 그러나 남편은 일만 열심히 해왔기 때문에 취미라 해봐야 접대 때문에 시작한 골프가 고작이다. 그러면 공통의 화제가 생기지 않는다.

그렇다면 이제부터라도 공통의 화제를 만들어가야 한다. 그러려면 함께 뭔가 재미있는 일을 해보는 것이 좋다. 결혼 전에 데이트할 때 함께 영화를 본 적도 있을 것이고 여행을 즐긴 적도 있을 것이다. 아이들로부터 해방되었기 때문에 다시 한 번 부부가 함께 그런 일을 해봐도 좋다. '뭘 새삼스럽게!' 라고 생각해서는 안 된다. 테니스나 스키를 함께 시작해보는 것도 좋다.

50대에 부인이 취미로 시작한 테니스를 남편도 같이 하다가 두 사람이 그 재미에 완전히 빠져들어 토요일과 일요일에 몇 시간이고 테니스를 즐기는 부부도 있다. 이처럼 부인이 먼저 시작한 취미를 남편도 같이 즐길 수 있게 되면 이상적이다. 이런 부부는 집에 돌아와서도 서브는 이런 식으로 넣으면 더 좋다든지 백핸드 스트로크는 아무리 해도 어렵다든지 하며 테니스에 관한 화제로 분위기가 고조된다.

부부가 함께 같은 스포츠를 즐기면 좋지만 몸을 움직이는 것을 싫어하는 사람이 일부러 무리해가면서 스포츠를 할 필요는 없다. 가장 간단한 것은 함께 영화를 보러 가는 것이다. 영화를 보면 영화가 재미있었다든지 재미없었다든지 혹은 어떤 장면에서 감명을 받았다든지 하는 공통의 화제가 생길 수 있다. 가끔씩 연애 영화를 보고 연인 시절을 회상해보는 것도 좋을 것이다.

어쨌든 두 사람이 즐길 수 있는 것을 찾아서 적극적으로 해보라. 함께 즐김으로써 두 사람 간의 화제도 커진다. '좋아, 오늘부터 아내와 커뮤니케이션을 해보자!' 하고 마음먹어도 막상 공통의 화제가 별로 없다는 것을 알게 되어 깜짝 놀라게 된다. 그런 무리를 할 것이 아니라 먼저 두 사람이 영화를 보거나 연극을 보거나 여행을 떠나는 등 함께 행동할 수 있는 기회를 만드는 것이 중요하다.

## 정년 후 인간 관계

정년이 되어 직장을 떠나자마자 직장 동료와의 교제가 완전히 없어졌다고 말하는 사람이 많다. 회사를 떠나자마자 일을 통한 인간 관계가 없어지는 것은 자신과 직장 동료와의 생활 환경이 달라지기 때문이다. 특별히 직장 동료가 냉정하다고 말할 수는 없다. 아마 자기 자신을 돌이켜봐도 그때까지 친했던 직장 선배가 정년이 되어 회사를 그만둔 후로는 만나지 못했던 경험이 있을 것이다.

50대 중반이 되면 정년 후를 대비한 인간 관계를 생각해보는 것이 좋다. 즉 일뿐만 아니라 교제의 폭도 넓히는 것이다. 직장 동료 중에서도 서로 마음이 맞는 사람과는 계속 교제가 이어지도록 배려하면 좋다.

예를 들어 규모가 큰 회사라면 입사 동기생끼리의 모임이 있을 것이다. 그때까지는 회사 내의 정보를 얻기 위한 공리적인 이유로 그 모임에 참가하기도 하고 같은 입사 동기생 중에 먼저 출세한 사람이 있어 있기가 거북해 그 모임에 참가하지 않기도 했을 것이다.

그러나 50대 중반이 되면 그 모임을 인간 관계를 넓혀가는 장으로서 활용해보라. 입사 동기생 중에는 중역으로 승진한 사람도 있을 것이며 한직으로 밀려난 사람도 있을 것이다. 물론 자신이 중역이 되었다면 이야기가 달라지지만 중역을 제외하면 대부분 60세에는 정년을 맞이하게 된다. 그러므로 마음이 맞는 동료를 찾아두면 퇴직 후 자신에게도 그 동료에게도 한가한 시간이 많으므로 같이 취미 활동을 해가며 인간 관계를 유지할 수 있다.

또 지금까지 동창회나 반창회에서 모임에 나오라는 안내장이 와도 거들떠보지 않았다면 가끔씩 그 모임에 참석하는 것도 좋다. 몇 십 년 만에 만나는 동창생은 설령 서로 사회적인 지위나 입장이 다르다 해도 잠시 이야기를 나누다보면 학생 시절의 관계가 되살아난다.

U씨는 모처럼 만에 고등학교 동창회가 열린다는 통지를 받고 동창회에 참석했다. 그는 막 50세가 넘었는데 옛 시절을 돌이키며 추억에 잠겼다고 한다. 동창생 400명 중의 3분의 1에 가까운 백수십 명이 출석한 성대한 동창회였다. 같은 반 친구들도 몇 십 년 만에 다시 만났다. 반 대머리가 된 친구도 있었고 흰 머리가 많이 생긴 친구도 있었다. 처음에는 서로가 나이를 먹었다고 생각했는데 잠시 이야기를 나누는 동안에 친구들의 서투른 익살이나 말투가 옛날과 똑같아 오랫동안 만나지 않아 생기는 세월의 격차를 전혀 느끼지 못했다. 대기업의 부장이 된 친구도 있고 이미 한직으로 물러나 조금 풀이 죽어 있는 친구도 있었지만 그런 사회적인 입장과는 관계없이 화기애애하게 이야기가 활기를 띠었다. 그는 동창회를 계기로 만난 같은 반 친구 몇 명과 송년회를 하였다. 또 일이나 가정과는 관계없는 즐거운 교제라서 매년 송년회를 갖기로 했다고 한다.

학생 시절의 친구라 해도 시간이 흐르는 동안 완전히 소식이 끊어지기도 한다. 연하장을 주고받는 친구도 몇 명 안 되고 1년에 몇 번 만나는 친구라 해봐야 고작 서너 명인 경우가 많다. 학생 시절의 친구는 몇 년 만나지 못했더라도 속마음이 통하게 되어 있다. 이해 관계가 전혀 없는 만큼 털어놓고 숨김없이 이야기할 수 있다. 또 청춘 시절의 몇 년 간을 함께 보낸 추억도 크다. 그런 교우 관계를 부활시키는 것도 좋다.

50대는 현직에서 한창 일할 때이지만 이제 곧 옛날이 그리워지는 시기이기도 하다. 그리고 자기의 미래가 어렴풋하게 보인다. 앞이 보이기 때문에 불안해할 것이 아니라 지금부터 더욱더 새로운 인간 관계의 폭을 넓혀가려고 노력해보자.

일을 통한 인간 관계도 물론 중요하지만 일 이외의 인간 관계에도 눈을 돌려 기회가 있으면 동창회나 반창회에 더욱더 자주 참석해보라. 거기에서 또 새로운 인간 관계가 형성되는 경우도 있다.

5부

몸과 마음을 젊게
유지하는 삶의 방식

## 기억력 감퇴, 신경쓰지 말 것

'아뿔싸! 서류 제출하는 것을 잊어버렸네!' 30~40대에는 생각지도 못했던 실수를 40대 후반이나 50대가 되면 쉽게 저지르게 된다. 또 길에서 옛날에 알고 지내던 사람과 우연히 마주치면 얼굴은 기억이 나지만 이름은 전혀 생각나지 않아 전전 긍긍하는 경우도 있다. 50세를 넘기면 한자를 읽는 것은 문제가 되지 않는데 쓰려고 하면 잘 생각나지 않을 때도 있다. 게다가 기억력도 나빠진다. 전화번호도 젊었을 때에는 한번 들으면 바로 외울 수 있었지만 이제는 여러 번 들어도 외우지 못하게 된다. 자신이 기억력이 좋다고 생각하는 사람은 특히 이런 상태에 빠져 불안을 느낀다.

'내가 혹시 알츠하이머병에 걸린 것은 아닌가?' 하며 진지하게 고민하는 사람이 정말 여럿 있다. 이런 것을 염려하면 한층 더 집중력이 떨어지기 때문에 오히려 하지 않아도 될 실수를 저지르게 된다. 그래서 더욱더 고민하게 되고 만다.

이는 자기만 기억력이 떨어졌다고 굳게 믿기 때문인데 실은 이 세대에 속하는 사람이면 거의 경험해본 현상이다. '그래도 저 사람은 나이를 먹었지만 기억력이 매우 좋아!' 하고 말하는 사람이 있는데 예외는 어디에서도 있는 법이다.

기억을 담당하는 곳은 뇌의 해마海馬라고 하는 재미있는 이름의 기관이다. 해마는 새로운 기억을 일정 기간 저장해두는 곳이다. 알츠하이머병에 걸리면 이 해마의 신경세포가 위축되거나 심하게 파손된다는 연구도 있다. 인간의 뇌세포는 대뇌피질만 146억 개 정도 있다. 뇌 전체는 대뇌피질이 천 수백억 개나 된다고 한다. 어느 사람에게도 평등하게 이 수만큼의 세포가 있다는 것이다. 그러나 뇌세포는 태아기에 한 번 만들어지면 두 번 다시 만들어지지 않는다. 요컨대 재생은 하지 않는다.

게다가 나이를 먹으면 뇌세포가 점점 죽어간다. 20세가 지나면 하루에 10만 개의 뇌세포가 죽어간다고 한다. 80세에는 60년 간 감소하는 뇌세포의 수가 291억 9000만 개에 달한다. 전 세포의 20퍼센트에 달한다. 20퍼센트나 사멸한다고 하면 놀랄지도 모르지만 실제로 뇌세포 중 20퍼센트밖에 사용되지 않기 때문에 아직 여유가 있다. 그렇지만 그만큼의 뇌세포가 사멸하기 때문에 나이와 함께 기능이 다소 떨어지게 된다.

그러나 없어진 뇌세포의 기능은 근처에 있는 다른 뇌세포가 보충하기 때문에 곤란한 일은 없다. 뇌의 활동은 뇌세포끼리 연결되어 네트워크가 형성됨으로써 이루어진다. 뭔가를 보고 느끼거나 생각하거나 행동하는 것은 뇌세포끼리 시냅스 전달을 통해 네트워크로 작용하는 것이다. 요컨대 뇌의 활동은 한 개의 뇌세포에서 나와 있는 수십 수백 개의 시냅스끼리 서로 전달됨으로써 이루어진다.

인간의 몸은 나이를 먹어 뇌세포가 죽어도 네트워크로 보충할 수 있도록 잘 형성되어 있다. 그래서 나이를 먹어서 뇌의 활동이 쇠 약해진다기보다는 사용하지 않으면 네트워크의 활동이 둔해진다고 보는 것이다.

사용하면 할수록 뇌의 활동이 좋아지는 것은 손상된 뇌세포를 보충하여 새로운 네트워크를 만들거나 그 활동을 활발하게 할 수 있기 때문이다. 즉 나이를 먹어 뇌의 활동이 저하되는 것을 걱정하기보다는 활발히 뇌를 사용하여 몇 살이 되어도 왕성하게 활동하는 뇌를 유지하는 편이 좋다.

조금 기억력이 떨어진 것을 걱정하기보다는 그것은 당연한 일이라며 별로 신경 쓰지 않고 오히려 자신이 좋아하는 일에 의욕을 가지고 몰두하는 게 좋다. 그렇게 하면 뇌가 활성화되어 활동하기 시작한다. 걱정만하여 우울한 기분에 빠지면 뇌의 활동도 둔해져 그 결과 더욱더 기억력이 나빠지거나 사고력이 떨어질 수 있다. 이는 스스로 뇌의 활동이 멈춰버리기 때문이다.

뇌의 활동은 총합적인 것이며 중요한 것은 삶의 의욕을 불태움으로써 이에 의해 뇌의 활동을 점점 더 활발하게 하는 것이다. 이것이 진정한 뇌의 기능이다. 창조력과 사고력은 활용하면 할수록 더 좋아지는데, 이는 나이와 관계가 없다. 이는 의욕과 깊은 관계가 있으며 의욕만 있으면 새로운 일도 익힐 수 있고 충분히 그것을 계속해갈 수도 있다. 자신이 하고 싶은 일을 하고 있으면 뇌는 얼마든지 활발하게 활동해준다.

## 내 몸과 사이좋게 지내기

50대가 되면 시력뿐만 아니라 치아도 하반신도 약해진다. 순환기 검진을 받고 있는 사람이라면 해마다 여러 가지 수치가 정상치보다 올라가는 것을 목격할 것이다.

술을 즐기는 사람은 간수치가 높아지고 비만인 사람은 콜레스테롤과 중성 지방 수치가 높아질 것이다. 자각 증상이 없는 상태에서 당뇨병으로 갑자기 실명할 수도 있다. 혈압에도 주의가 필요하다.

그러므로 정확하게 검사를 받는 편이 좋다. 그러나 수치에 너무 예민해질 필요는 없다. 물론 수치가 지나치게 높으면 의사에게 진찰을 받아봐야 하겠지만 적당한 수치라면 그렇게 걱정할 필요는 없다. 콜레스테롤과 혈당 수치가 높으면 식사에 조금 신경을 쓰면 된다. 또 운동이 부족한 사람은 산책을 하는 등 몸을 움직이는 것이 좋다. 그렇게 일상 생활을 개선하면 수치는 개선된다. 혈당 수치와 혈압도 매일 산책하면 내려가게 된다.

50대에 접어들어 또 조심해야 할 것은 불규칙한 생활이다. 일로 인한 스트레스로 매일 술을 마셔 밤에 늦게 귀가하는 횟수가 잦아지면 수명이 단축될 수도 있다. 40대까지는 그럭저럭 괜찮지만 50대가 되면 이런 생활은 몸에 큰 손상을 준다.

피로의 회복 속도에 있어서도 40대와 50대는 큰 차이가 난다. 50대가 되면 50대에 맞는 생활 방식으로 전환하지 않으면 안 된다. 50대에는 규칙적인 생활이 필요하다. 정확히 하루에 세 번의 식사를 하여 영양을 균형 있게 섭취하고 적당한 운동을 하며 충분한 수면을 취해야 한다.

한 사람 한 사람의 몸에는 각각의 리듬이 있다. 흔히 말하는 체내 시계이다. 아침에 일어나 아침 식사를 할 때에 '아 배가 고프다!' 하고 생각하는 것은 체내 시계가 아침 식사 시간임을 알려주기 때문이다. 생체 리듬이 있고, 이 리듬에 의해 몸이 자연히 움직이도록 되어 있다.

그러나 식사를 거르거나 술을 마셔 밤에 늦게 귀가하는 횟수가 잦아지면 건강을 유지하고 있던 체내 리듬이 고장 나고 만다. 나이가 젊다면 그런 상태에 유연하게 대응할 수 있지만 40대 중반을 넘으면 그렇게 할 수 없다. 체내 시계의 리듬이 고장 나면 바로 자율신경의 고장으로 이어진다.

이런 몸의 변화는 솔직하게 받아들여야 한다. 이는 피할 수 없는 일이기 때문이다. 무리를 하면 몸이 지금까지와 같이 빨리 회복되지 않는데 이는 몸이 자신에게 보내주는 신호이다.

규칙적인 생활을 하지 않으면 몸이 망가진다는 신호이다. 이는 또 규칙적인 생활을 하면 건강하게 지낼 수 있다는 신호이기도 하다. 그러므로 몸의 변화를 받아들이고 적극적으로 자신의 가능성을 개척해나가는 것이 바람직하다.

인생은 아직 길다. 이 긴 인생을 잘 살아가기 위해서는 자신의 몸과 사이좋게 지내야 한다.

## 무리하게 젊음을 추구하지 않는다

앞에서도 언급했지만, 독일의 문호 괴테가 《파우스트》를 완성한 것은 그가 사망하기 1년 전인 83세 때였다. 《파우스트》는 지식에 절망하여 생동감 넘치는 인식을 추구하던 노학자 파우스트에게 악마인 메피스토펠레스가 달콤한 유혹을 하는 이야기이다. 메피스토펠레스는 파우스트의 소원을 들어주는 대신에 한 가지 내기를 하자고 한다. 그 내기는 파우스트가 어떤 순간에 진심으로 감동하면 그때에는 그의 영혼을 악마에게 영원히 주어야 한다는 것이었다. 파우스트는 이 내기를 수락하면서 젊음을 되찾았다.

나이를 먹게 되면 예전의 젊은 시절에는 그다지 소중하게 여기지 않았던 젊음이 눈부실 정도로 매우 부럽게 보인다. 젊은 사람을 보면 젊다는 그 이유 하나만으로 빛나고 있는 것처럼 보인다. 나이를 먹으면 먹을수록 다시 한 번 젊음을 되찾고 싶다는 마음이 간절해진다.

파우스트는 젊음을 되찾자, 그레첸이라는 순진한 소녀와 사랑에 빠진다. 그러나 파우스트는 이 소녀의 연정을 무참하게 짓밟고 만다. 그레첸은 파우스트를 너무나 사랑한 나머지 자신의 집을 파멸시키고 아이도 죽이고 자신도 옥중에서 죽는다.

무리하여 얻은 젊음의 대가는 사랑하는 소녀의 파멸이었다. 인간은 젊음을 유지하고 싶다고 바라지만 《파우스트》의 이야기는 무리하게 젊음을 추구하면 안 된다는 것을 암시하고 있다.

작가인 괴테는 이 파멸한 소녀를 어떻게든 천상에서 구원하려고 한다. 파우스트는 결국 이 소녀와의 천상에서의 사랑을 위해 메피스토펠레스와의 내기에서 졌음에도 불구하고 그레첸이 기다리는 천상으로 간다.

괴테는 이 멋진 결말을 그의 말년 죽기 1년 전까지 악전고투를 해가며 완성시켰다. 《파우스트》를 완성하지 못했다면 괴테는 죽고 싶어도 죽지 못했을 것이다. 그는 그만큼 정열을 기울이면서 《파우스트》의 결말 부분을 완성시켰다.

이는 괴테 자신이 죽는 그 순간까지 문학에 정열을 가지고 있었고 생기에 넘쳐 있었다는 좋은 증거이다. 파우스트가 그 이야기의 결말에서 느낀 행복, 또 그 행복을 넘어선 더없는 행복감은 괴테 자신이 느낀 것일 것이다. 괴테는 죽는 그 순간까지 풍요로운 자신의 세계를 생기 넘치게 살아갈 수 있었던 것이다. 이는 괴테가 무리하게 젊음을 추구하지 않았고, 그의 젊음은 자신의 내면에서 솟아나온 젊음이었다는 것을 나타내고 있다.

이와 반대로 자신의 젊음을 다른 사람에게 과시하려고 무리하는 사람이 있다. 예를 들어, 젊은 사람들이 배드민턴을 치고 있을 때 자신도 그 무리에 끼어 배드민턴을 치다 지나치게 무리하여 아킬레스건이 절단되었다는 이야기를 자주 듣는다.

나이를 먹어도 젊게 살려고 하는 것은 좋은 일이며 중요한 일이다. 그러나 몸은 말을 잘 들어주지 않는다. 자신에게 생기 넘치는 정열이 있다면 자신의 힘과 체력에 걸맞게 그 정열을 불태워야 한다.

쓸데없이 외견적인 젊음을 추구할 것이 아니라 괴테처럼 자신의 내면에서 용솟음치는 정열과 같은 젊음을 추구하라.

## 노화는 우울한 일이 아니다

몸에 지나치게 부담을 주면 감기에 걸리는 것처럼, 마음에 지나치게 부담을 주면 우울증에 걸리기 쉽다. 50대는 몸과 마음이 크게 변화하는 시기이다. 여성은 이 시기에 갱년기를 겪는다. 이때에는 호르몬의 밸런스가 흐트러지기 쉽고 신체적으로도 이상이 나타나며 심리적인 면에서도 주의가 필요하다.

이 시기에 여성은 심리적으로도 밸런스가 깨지기 쉬워 우울증이 생기기 쉽다. 이 시기에 발생하는 우울증을 '갱년기 우울증'이라고 부른다. 갱년기를 맞이하면 자신이 늙어간다는 것을 실감하게 된다. 자신이 늙어간다는 것을 생각하면 대부분의 사람은 우울해진다. 그래서 우울증에 걸리기 쉽다.

인간은 몸과 마음의 밸런스를 유지해가지 않으면 안 되는데 이 시기에는 몸과 마음의 밸런스를 유지하기가 어렵다. 아무래도 노화현상을 받아들이려면 저항감이 생긴다. 노화는 곧 죽음으로 이어지고 그 과정에는 병과 고독이 기다리고 있다는 고정관념을 가지기 쉽다.

그런 심리가 젊음에 대한 동경을 낳으며 젊음에 대해 집착하게 한다. 건강 식품이나 비타민제가 잘 팔리는 것도 그런 심리 때문이다. 건강 식품을 먹거나 비타민제를 복용하면 젊음을 유지할 수 있다는 희망을 품게 된다. 노화 현상을 받아들이고 싶지 않은 마음이 그런 방향으로 치닫게 한다.

그러나 현실적으로 노년은 분명히 찾아온다. 그 사실을 어렴풋이 느끼면서 무리하게 젊음을 유지하려고 하면 몸과 마음에 부담을 주게 된다. 그렇게 되면 심적인 피로가 심해져 우울증에 걸릴 수도 있다.

여기서 노화에 대한 오해를 풀어보려고 한다. 즉 노화를 우울한 일이라고 생각하는 것은 잘못된 사고방식이다. 앞에서 소개한 괴테의 만년의 삶의 방식이 이 오해를 푸는 좋은 본보기이다.

괴테는 아무리 나이를 먹어도 생기 넘치게 자신의 삶을 살아갈 수 있다는 것을 보여주었다. 더구나 그는 독일 문학의 최고 걸작이라고 불리는 작품을 말년에 완성시키고 행복을 만끽하였다. 노화를 우울한 일이라고 일방적으로 단정짓는 것은 큰 오류라는 것을 알게 되었을 것이다. 자신의 세계를 가지고 있고 하고 싶은 일이 있다면 나이와 관계없이 인생의 새로운 한걸음을 내디딜 수 있다.

작가인 시오노 나나미塩野七生의 말에 의하면 고대 로마에서는 20~30대를 청년기 40~50대를 장년기라고 생각했다고 한다. 카이사르는 55세에 자신이 애지중지하던 부하 브루투스에게 살해되었는데 정말 자신이 생각하는 이상적인 정치 체제가 완성된 것은 그가 죽고 나서였다.

이 무렵에 이미 50대를 장년기라고 받아들이고 있었다면 장수 시대인 요즘 50대는 당연히 한창 장년기라고 할 수 있다. 50대는 아직 젊다. 이런 나이에 우울증에 걸려 한 번밖에 없는 인생을 망쳐서는 안 된다. 인생은 정말 지금부터 시작된다고 해도 과언이 아니다.

## 사회적인 것으로부터 자신의 세계로

50대가 되면 인생의 큰 기로에 서게 된다. 신체적으로도 그렇고 인간 관계에서도 그렇다. 이 시기를 어떻게 살아가느냐에 따라 그 인생을 얼마나 풍요롭게 살 수 있는지가 결정된다.

40대까지는 여러 가지 의미에서 사회와의 관계가 깊다. 그 대신에 의존적인 면도 강하다. 회사에 다니는 것이 그런 것이다. 회사에서 일하고 월급을 받아 생활하게 되는데, 그것이 회사에 의존하고 있다는 증거다. 구조 조정의 대상이 되어 당황하는 것도 회사에 의존하고 있기 때문이다. 회사뿐만 아니라 아이를 키울 때에는 학교에 의존하게 된다.

이처럼 사회와의 유대가 강하면 사회에 대한 의존도 강해지고 자신의 가치도 사회와 깊이 관련된 것에 두게 된다. 회사에서의 지위나 연봉이 그 대표적인 것인데, 이는 사회와 자신과의 상대적인 관계에서 생겨나는 가치이다. 예를 들어, 자신이 회사의 부장이라고 하자. 회사 안에서는 부장이 높은 가치가 있지만 회사를 그만두면 이 가치도 없어져버리고 만다.

50대는 이런 사회와 관련된 가치가 서서히 무너지는 시기이다. 정년은 점점 더 다가오고 아이들은 자립한다. 지금까지 스스로 가치가 크다고 여겼던 것이 상실되어간다.

그러나 인간이란 지금까지의 가치관에 집착하는 존재이다. 어떻게든 지금까지의 가치를 지키고 싶어한다. 그러나 그것을 지킬 수 없다는 것 또한 잘 알고 있다.

개중에는 정년을 앞두고 있는데도 여전히 부장 티를 내며 거만한 태도로 부하 직원을 부리는 사람도 있다. 그러면 결국 아무도 그를 상대해주지 않게 된다. 자칫하다가는 부인이 이혼 서류를 내밀 수도 있다.

40대에서 50대 초반까지는 사회적인 가치를 스스로 크게 자리매김해두고 있다. 이는 어쩔 수 없는 일이다. 그러나 50대가 되면 서서히 사회적인 것에서부터 자신의 세계로 가치를 전환하지 않으면 안 된다.

자신의 세계를 만들기 위해서는 시간도 에너지도 필요하다. 천천히 기어를 변속해가야 한다. 너무 빨리 기어를 변속하려고 하면 몸과 마음의 밸런스가 깨지고 만다. 마음만 조급하게 앞서 가면 몸이 따라오지 못한다.

일도 열심히 해야지, 취미도 가져야지 하면서 너무 조급하게 애를 쓰면 몸이 비명을 지르고 만다. 인간이 할 수 있는 일에는 한계가 있기 때문에 지나치게 무리하지 않는 편이 좋다.

마음의 준비를 서서히 하면서 일에 할애하는 시간과 자신을 위해서 할애하는 시간의 밸런스를 조금씩 바꾸어 가도록 하라. 그러나 역으로 말하면 사회와의 관계가 깊어지지 않게 된다는 것은 사회에 대한 의존도 역시 약해진다는 것이다.

중심을 조금씩 사회로부터 자신의 세계로 옮겨와 자신의 세계에 영양분을 주어 그것이 결실을 맺을 수 있도록 키워가야 한다. 그 조율을 잘할 수 있으면 앞으로의 인생은 분명 풍요롭고 신선한 것이 될 것이다.

## 사소한 일로 고민하지 않기

50대 중반에 구조 조정되어 회사를 그만둔 S씨는 우선 1년 정도는 실업 보험으로 살아갈 수 있겠다고 생각했다. 독신인 그는 조금이나마 저축을 해놓은 게 있어 자기 혼자 정도는 어떻게든 생활해갈 수 있다고 생각하고 있었던 것이다. 그리고 모처럼 만에 자유 시간을 가질 수 있게 되어 컴퓨터 공부를 해보려고 마음먹고 있었다.

그런데 어느 날 친구로부터 좀더 절약하며 살라는 충고를 들었다. 요즘 같은 시대에는 재취업하기도 힘들고 운이 좋아 취직 자리를 구했다 해도 50대 중반인 그가 예전보다 더 좋은 조건으로 취직하기는 어려운 것이 현실이다.

그런데 친구의 눈에는 그가 쓸데없는 물건을 자꾸 사서 자신의 경제 상태에 무관심한 것처럼 보였던지, "저축을 했다고 해도 그런 것쯤은 눈 깜짝할 사이에 없어지니까 적어도 받고 있는 실업 보험의 반 정도로 생활하는 게 좋아"라고 충고하였다.

그는 갑자기 불안해졌다. 자신의 나이와 지금의 국가 경제 상황을 고려하면 재취업이 그렇게 간단하지 않은 게 사실이다. 설령 취직 자리를 구한다 해도 그것이 자신에게 어울리지 않을 수도 있다. 그래도 참아가며 해낼 수 있을지 생각하는 사이에 점점 더 불안이 심해져 매우 걱정이 되었다.

그에게는 그가 어렵거나 힘들 때에 상담해주는 또 다른 친구가 있었다. 이 친구는 그와 멀리 떨어져 살고 있어 전화로만 대화를 나눌 수 있었지만 항상 매우 친절하게 상담에 응해주었다. 그는 이 친구에게 전화를 걸었다. 대충 이야기를 들은 친구는 그의 마음을 진정시키고는 "앞날의 일을 걱정해봐야 방법이 없고, 걱정한다고 해서 사태가 진전되지도 않으니 혼자 집에서 우두커니 있지 마!"라고 했다.

"하지만 돈을 쓰지 않으려면 집에 우두커니 있는 수밖에 없잖아. 내 친구는 내가 목욕하러 가는 것조차도 사치라고 그러는데!"

그의 불안은 그렇게 간단하게 없어지지 않았다.

"목욕하러 간다고? 욕실이 집에 없나?"

"아니, 내가 목욕하러 가는 곳은 고급 사우나 시설이 완비되어 있어. 그 사우나에 가서 땀을 쫙 빼면 기분이 참 좋아! 요금이 좀 비싸긴 하지만…."

"그럼, 지금부터 그 목욕탕에 가! 사우나에서 땀을 쫙 빼고 몸을 씻으면 마음이 훨씬 더 상쾌해질 거야. 적어도 집에서 우두커니 쓸데없는 생각에 잠기는 것보다는 그렇게 하는 편이 훨씬 더 좋아!"

이 말을 듣자 그는 문득 정신이 들었다. '정말 나 자신을 위한 일이라면 오히려 돈을 써야 해!' 돈을 쓰면 안 된다고만 집착했던 것이 오히려 짧은 생각이었다. 그는 바로 그 목욕탕으로 기분 전환하러 갔다.

몸을 움직이는 게 새삼스럽게 무슨 스포츠를 하라는 것이 아니다. 먼저 밖에 나가보라는 것이다. 끌리는 곳으로 한걸음 내디뎌보라는 것이다. 이 한걸음이 큰 위안이 될 때가 있다.

## 부부가 함께 걷는 산책

밖에 나가면 자연히 걷게 된다. 걷는 것은 건강에 좋을 뿐만 아니라 기분 전환이 되므로 마음의 건강을 위해서도 좋다. 동서고금의 철학자들은 자주 산책을 하였는데 사물을 생각하는 것만으로는 정신적으로 피곤해지기 때문에 산책을 통해 그 피로를 없애거나 기분을 전환시키면서 힘을 얻곤 했다.

칸트가 케니히스베르크의 거리를 매일 산책한 것은 매우 유명한 이야기이다. 성격이 꼼꼼하고 빈틈없던 칸트는 항상 조금의 오차도 없이 같은 장소에 나타났기 때문에 마을 사람들은 칸트를 보고 시계를 맞추었다고 한다.

이런 칸트도 산책을 소홀히 한 적이 있다. 루소의 《에밀》을 읽기 시작해 한 번에 다 읽고 싶은 마음에 책을 도중에 덮을 수가 없어 그날 산책을 하지 않은 것이다. 케니히스베르크의 사람들은 여느 때처럼 그 시간에 칸트가 나타나지 않자 깜짝 놀라고 말았다. 칸트에게 무슨 일이 있는 것인가 하며 걱정했다고 한다. 후일 칸트가 그 사실을 알고 마을 사람들에게 사과했다고 한다.

이 흐뭇한 에피소드는 칸트가 자신의 건강을 위해서 산책을 열심히 했다는 것뿐 아니라 마을 사람들은 산책하는 칸트를 보고 시계를 맞추었으며 '아, 칸트 선생! 오늘도 건강하시군요!' 하며 안도감을 느꼈다는 것이다. 결국 매일 산책하는 것이 칸트와 마을 사람들과의 커뮤니케이션인 셈이었다.

산책하는 사람들을 보면 혼자 걷기도 하고 두 사람이 같이 걷기도 한다. 부부가 함께 산책하면 평상시 바빠서 이야기하지 못했던 것도 걸으면서 이야기할 수 있게 되므로 부부의 커뮤니케이션에 도움을 준다.

혼자서 천천히 주위의 경치를 즐기면서 걷는 것도 좋다. 거리를 걷다보면 재미있게 만들어진 벽돌집과 희귀한 꽃이 피어 있는 정원, 정취 있는 건축물이 생각지도 않았던 곳에 있다는 걸 알게 된다. 또 늘 다니지 않던 길을 걸어가면 여러 가지 새로운 발견을 할수도 있다.

이렇게 하여 흥미가 생기면 어느덧 더 멋있는 거리를 걷게 된다. 그렇게 되면 몸 속의 피가 잘 돌고 있는 것을 느낄 수 있다. 몸도가벼워지고 기분은 더욱더 좋아진다.

또 뛰는 것보다 걷는 것이 두뇌 활동에 더 좋다는 연구 보고도있다. 시속 9킬로미터로 달리기 시작하여 10분 정도 지나자 뇌의 활동이 활발해졌다고 한다. 하지만 달리기를 그만두자 다시 뇌의 활동이 둔해졌다고 한다. 그러나 시속 6킬로미터로 빨리 걷는 경우에는 걷고 나서 15분 정도 지나자 뇌의 활동이 활발해졌고 걷는 것을 그만두어도 뇌의 활동이 활발하게 계속 지속되었다고 한다. 시속 3킬로미터 정도로 천천히 걷는 경우 걷고 나서 조금 지나자 천천히 뇌가 활동하기 시작하였으며 걷는 것을 그만두자 서서히 뇌의 활동이 둔해졌다고 한다.

요컨대 뇌의 활동에 가장 좋은 것은 빨리 걷기이지만 그렇게까지 무리하지 않아도 좋으며 걸으면 뇌의 활동이 활발해진다는 것은 분명한 사실이다. 칸트를 비롯한 많은 철학자들의 사색을 깊게 한 요인 중 하나가 산책이었으리라.

# 생각의 재미

파스칼은 '인간은 생각하는 갈대'라고 했다. 갈대는 바람이 불면 이리저리 흔들린다. 즉 인간은 갈대처럼 흔들려 믿을 수 없는 면도 있지만, 생각할 수 있는 훌륭한 능력을 가진 존재라는 의미이다.

생각할 수 있다는 것은 인간이 가진 큰 특징 중의 하나이며 이만큼 진보된 사회를 만들 수 있었던 것도 인간에게 생각하는 능력이 있었기 때문이다. 생각하는 것은 즐거운 일이다.

예를 들어 추리 소설을 읽을 때에도 생각을 한다. '도대체 범인이 누구일까? 범인이 어떤 트릭을 쓸 것인가?' 하며 독자는 셜록 홈즈나 포와르가 되어 생각하게 된다. 또 텔레비전 추리물을 볼 때에도 생각을 한다. 나는 추리 드라마가 방송되는 날이면 일이 끝난 후 꼭 보며 즐긴다. 범인이 누구인지 알아맞추려면 머리를 써야 하므로 이 또한 재미있는 일이다.

생각하는 것 그 자체로도 좋은 일이다. 뭐든지 열심히 생각하다 보면 분명 가슴이 설레게 된다는 걸 알게 된다. 추리 소설을 단번에 읽을 수 있는 건 범인이 누구인지 추리하고 생각하는 것이 즐겁기 때문이다.

생각한다는 것은 못마땅한 얼굴을 하고 수학 문제를 풀거나 철학하는 것만은 아니다. 취미로 가로세로 퍼즐을 풀 때에도 열심히 생각하고, 플라스틱 모형을 만들 때에도 이 부품을 어디에 연결할 수 있을까 하며 생각한다.

실은 생각을 해야 놀이를 할 수 있다. 반대로 놀이를 하려면 생각할 수 있어야 한다. 어떤 게임이든 머리를 쓰지 않는 게임은 없다. 2002년 6월에 월드컵이 한국과 일본 공동 주최로 개최되었는데 한국과 일본 국민들은 물론 전 세계인을 흥분시켰다. 축구도 머리를 쓰지 않으면 이길 수 없다. 축구는 그냥 축구공만 차면 되는 것이 아니라 면밀한 작전하에서 이루어지는 게임이다.

전국 시대를 무대로 한 시대극이 시청자들에게 인기가 높은 것은 그 시대의 장수들이 목숨을 걸고 열심히 지혜를 짜내 전투하는 것이 재미있기 때문이다. 전투는 양쪽의 군사들이 그냥 서로 부딪치는 것이 아니라 양쪽 진영의 참모가 오랜 생각 끝에 작전을 실행하여 싸우는 것이다. 단지 병력만으로 결말이 나지 않는 것은 거기에 작전의 힘이 크게 작용하고 있기 때문이다. 그리고 의외의 결과가 생기기 때문에 더욱더 재미있다.

《삼국지》를 봐도 제갈공명이 책략을 짜서 압도적인 조조의 선단을 적벽赤壁 전투에서 무찌른 것에 가슴이 설레이지 않는가? 제갈공명의 발상이 의표를 찌르고 거기에 생각의 심오함이 배어나와 흥미진진하기 때문이다.

이처럼 전투를 할 때에도 게임을 할 때에도 인간은 깊이 생각한다. 곰곰이 생각해야 하기 때문에 인간은 전투와 같이 설령 자신의 목숨을 거는 일에도 집중할 수 있었고 또 후세의 사람들도 그것에 흥미를 가지는 것이다. 그냥 재미있어하는 것이 아니라 흥미를 가지고 생각하는 재미를 맛볼 수 있을 것이다. 그러면 마음도 활성화되고 기분도 좋아진다.

이와 같이 골똘히 생각하는 것은 사람을 흥분시키고 기쁘게 해준다. '실컷 놀고 열심히 공부하라'는 말이 있는데 이 말에는 노는 것과 공부하는 것이 대조적으로 열거되어 있지만, 실은 노는 것에서 배우는 것이 많다는 의미이다. 즉 노는 것 속에 생각하는 것이 포함되어 있는 것이다. 그러므로 노는 것도 필요하다.

# 흥미 있는 일은 힘들지 않아

일을 해내려면 여러 가지 지혜를 짜서 계속 생각해야 한다. 사업을 할 때에도 이 상품을 어떻게 팔아야 할까 하고 지혜를 짜야 한다. 가게를 열고 나서 그냥 손님만 기다리고 있으면 가게는 망하고 만다.

취미로 낚시를 좋아하는 경우 여러 가지로 생각하고 궁리를 해야만 성과가 있다. 어떤 도구가 좋은지 낚싯대를 비롯해 낚싯바늘과 찌, 봉도 잘 살펴보아야 한다. 옛날 아이들은 자주 강에서 잉어를 낚았다. 그러나 아무렇게나 낚싯줄을 드리우면 잉어는 잡히지 않는다. 잡는 요령을 모르면 아무리 하루 종일 낚싯줄을 드리우고 있어도 잡히지 않는다. 그래서 자신의 요령을 다른 사람에게 비밀로 하는 경우도 많다. 이것도 일종의 지혜이다.

요령만 잘 알면 초심자라도 잉어 정도는 잡을 수 있다. 또 운이 좋으면 20센티미터 이상의 잉어도 잡힌다. 잉어가 잡혔을 때의 손맛은 각별하다. 강가에서 막 잡은 물고기를 구어 먹으면 매우 맛있다.

이런 색다른 재미를 맛보기 위해서는 여러 가지 수고를 하며 도구를 갖추고 먹이를 찾아 요령을 발휘해야 하는데, 이 수고는 결코 힘든 것이 아니다. 오히려 여러 가지로 생각하여 시도해보기 때문에 재미있다. 애초 즐기기 위해서 하기 때문에 귀찮은 일도 전혀 수고스럽지 않은 것이다.

인간은 어떤 일을 해도 자연히 생각하게 되어 있는 존재이다. 인간의 가장 큰 장점은 호기심이 강한 것이다. 인간만큼 호기심이 강한 동물은 없다. 이 호기심이 발동되면 인간은 그 대상에 흥미를 가지고 생각하기 시작하는 존재이다.

생각한다는 것은 책상에 앉아서 특별히 무엇을 하는 것만은 아니다. 낚시 도구를 고르기 위해서는 낚시 가게에 가야 한다. 또 좋은 낚시 도구를 찾기 위해서는 많이 돌아다녀야 한다. 그처럼 인간은 행동하면서 생각하는 존재이다. 생각하고 행동에 옮기기 때문에 여러 가지가 생겨난다. 나아가 장래에 대한 바람과 꿈도 생겨나게 된다.

## 권태감에 빠지지 않으려면


　호기심을 발동함으로써 몸과 마음을 활기차게 하면 어떤 일이 일어날까? 먼저 권태감에 얽매이지 않게 된다. 권태감에 사로잡히게 되면 모든 것이 재미없어지고 만다. 그렇게 되면 자신의 미래와 자신의 인생 그 자체를 비관적으로 생각하게 된다. 50대 이후의 인생에서 기다리고 있는 함정 중의 하나가 권태감이다.

　50대가 되면 체력과 기력이 다소 떨어지게 된다. 그러나 그것에 끌려다니다 권태감을 느끼게 되면 비관적인 인생만 기다리고 있을 뿐이다. 그렇게 되면 마음뿐만 아니라 몸에도 이상이 생겨 살아가는 것이 힘들어진다. 이렇게 되면 안 된다.

　이와 반대로 호기심을 발동하여 몸과 마음을 활기차게 하면 체력과 기력이 떨어진다고 의식할 틈도 없고 사물을 보는 태도가 보다 적극적으로 바뀐다. 항상 목표를 가지고 생각하고 행동하기 때문에 권태에 빠질 틈이 없다. 계속 생각하고 해야 할 일이 생기기 때문에 마음이 앞으로 움직이게 된다.

　더욱이 이처럼 몸과 마음이 활성화되어 자동차의 양바퀴처럼 균형을 유지하고 있으면 몸과 마음이 저절로 건강해진다. 마음이 앞으로 움직이고 있다는 것은 스스로 힘이 솟아나고 있다는 증거이다. 이 힘 즉 활력이 건강을 낳는다.

이와 같이 무리 없이 건강한 것이 중요하다. 마음이 건강해지면 자연히 몸도 건강해지게 된다. 생사의 갈림길에 서 있다 해도 인간은 마음을 강하게 먹으면 살아날 수 있다. 그러나 '이제 안 돼!' 하고 생각하면 어이없이 죽고 만다.

몸과 마음은 밀접하게 연결되어 있다. 건전한 신체에 건전한 정신이 깃든다는 말이 있듯이 몸과 마음은 서로 떼어놓을 수 없으며 건전한 정신이 있어야만 건전한 신체를 가질 수 있다. 그러므로 진정으로 건강하려면 몸과 마음이 건강해야 하며 또 몸과 마음을 활성화시키지 않으면 안 된다.

살아간다는 것은 미래를 향해 자신의 의욕을 북돋우는 것이다. 미래에 대한 강한 의욕을 가지고 지금을 힘차게 살아가면 미래는 자연히 열리게 되어 있다.

등산을 하다 지쳐 한 번 쉬게 되면 또 다시 오르기가 어렵다. 이때 등산을 그만두면 무기력함에 사로잡히게 된다. 그러나 마음을 굳게 먹고 또 한걸음 내디디면 자연히 발걸음이 앞으로 향하게 된다. 그래서 걷기 시작하면 마음이 앞으로 향하여 발걸음도 앞으로 나아가게 된다. 이처럼 몸과 마음을 합하면 길이 열리고 곧이어 정상도 보이게 된다.

정상이라는 목표가 보이게 되면 다시 힘이 난다. 이렇게 걸어가는 것이 인생이다. 그 인생을 어렵다고만 생각하지 말고 땀을 흘리며 정상을 향해 계속 걸어가라. 정상에 올라 마시는 맥주의 맛은 아주 각별하다. 정상에 올라갔다는 아주 큰 성취감에 취할 수 있을 것이다.

이 성취감이 미래를 향한 또 다른 한걸음을 내딛게 한다. 그러기 위해서는 몸과 마음의 건강을 지키며 지금을 빈틈없이 또 굳세게 살아가는 것이 중요하다.

## 불안함이 엄습해오는 때

　인생에는 여러 번의 전환점이 있다. 사람에 따라 그 전환점이 빠르고 늦을 수 있는데, 학생에서 사회인이 되는 시기도 전환점이고 결혼하여 가정을 가지는 시기와 아이가 생기는 시기도 전환점이다.

　30대는 일에 대한 자신감이 생기는 나이이다. 30~40대에는 힘차게 달려간다. 그러나 50대 전후가 되면 몸이 쉽게 피곤해지고 일의 능률이 떨어지는 등 그때까지는 생각지도 못했던 좋지 않은 변화가 엄습한다.

　40대 중반까지는 자신의 인생이 상승 곡선을 타는 것처럼 생각된다. 열심히 노력하면 생활 여건도 점점 더 좋아지고 인간 관계도 넓어져 성취감도 맛볼 수 있다.

　그러나 40대 후반부터는 회사에서 자신의 결말이 슬슬 보이기 시작하고 그때까지 열심히 해왔던 일에도 지친 듯한 느낌이 든다. 그리고 50대가 되면 이미 자신의 인생이 오르막길에 있지 않다는 것을 깨닫게 된다.

　오랜 기간의 피로 축적과 일에 대한 권태감이 몸 상태의 변화로 나타나는 경우도 있다. 그럴 때 뭔가 큰 문제에 봉착하게 되면 우울해지기 쉽다. 이렇듯 40~50대 중년기에 우울증이 늘어나는 것은 일에 대한 스트레스 이외에 신체적인 변화 때문이기도 하다.

50대 전후가 되면 자신의 앞날이 보여서인지 문득 과거를 회상하거나 과거의 일에 구애 받을 때도 있다. 또 장래의 가능성이 희박하기 때문에 '아! 그때 이렇게 했으면 좋았을 텐데!' 하며 후회하는 마음에 사로잡히기 쉽다.

일과 생활에서 지치게 되면 아무래도 도피하려는 경향이 생긴다. 이러한 권태감이 덮치는 시기는 사람에 따라 달라서 50대 초반일 수도 있고 정년을 앞둔 60세 정도일 수도 있다. 그런 권태감이나 불안이 나와는 무관하다고 말하는 사람이 있을지 모르지만 그런 사람은 현재 자신의 생활과 일에 만족을 느끼고 있기 때문이다.

대부분의 사람은 50대가 되면 출세도 한계점에 이르고 자회사로 옮겨가거나 구조 조정의 대상이 되기도 한다. 어쨌든 정년은 이미 먼 훗날의 일이 아니라 분명 한걸음 한걸음씩 다가오는 현실이 된다. 그런 의미에서 50대가 되면 장래의 꿈도 희망도 가지기 어렵다. 그 무렵 막연한 불안이 다가온다.

정년 후 경제적인 불안 없이 '이것도 하고 싶고, 저것도 하고 싶고' 일에서 멀어져도 즐거운 일을 얼마든지 할 수 있는 사람은 그런 불안과 무관할지도 모른다. 그러나 대부분의 사람은 아직도 일만 생각하며 일에서 멀어진 자신의 모습을 상상하지 못한다.

공자는 《논어》에서 "15세에는 학문에 뜻을 두고 30세에는 학문, 사상이 확립되고 40세에는 망설임이 없어지고 50세에는 하늘이 준 사명과 운명을 알고 60세에는 무엇을 들어도 솔직하게 이해할 수 있게 되고 70세에는 자신의 욕망대로 행동해도 도리에 벗어나지 않는다"고 말했다.

50세란 나이는 공자에 의하면 하늘이 준 사명과 운명을 아는 나이이다. 그러나 유감스럽게도 요즘에는 30세에 뜻을 세우고 40세에 망설이지 않고 50세에 하늘의 뜻을 아는 것이 매우 어렵다. 그와 반대로 50세가 되어도 아직 방황하고 있는 것이 요즘 사람의 모습이다. 그리고 요즘의 50대는 불안의 세대라고 말해도 좋을 것이다.

50대는 그런 의미에서 과도기의 세대라고 말할 수 있다. 자신의 인생이 정점을 지나 완만하게 내리막길로 가고 있다는 것을 안다. 그러나 내리막길로 간다고 해서 결코 두려워할 필요는 없다. 예전에는 30대가 전환점이라고 불리어진 시대도 있었다. 그런 의미에서 50대는 예전의 30대라고 말해도 좋다.

50대는 앞으로의 꿈을 실현시키는 시기라고 생각하면 된다. 불안해지는 것은 신체적으로도 일에 있어서도 과도기이기 때문이다. 그러나 과도기는 장래의 인생을 어떻게 충실하게 만들지를 결정짓는 시기이기도 하다. 분명 여러 가지 망설임이 생기겠지만 차분히 자신의 인생을 항해해야 한다.

## 할일은 많고 능률은 떨어지는 때

30대부터 40대까지는 아직 앞날이 있다고 생각하기 때문에 '지금부터 다시 시작하자!'라든지 '이런 식으로 하자!'며 일에 대한 정열과 계획을 품는다. 물론 50대가 되었다고 해서 바로 그 정열이 없어지는 것은 아니다.

그러나 이 세대가 되면 자신의 정열만으로 힘차게 달려가는 것이 어려워진다. 책임 있는 자리에 있기 때문에 업무량도 늘어날 뿐만 아니라 부하 직원과 다른 부서와의 관계 등 인간 관계를 포함한 여러 가지 어려운 국면을 무리 없이 처리해야 한다.

책임 있는 입장에 놓인 만큼 스스로 노력해 뭔가 이룩해내야 한다는 의식도 강하다. 책임감을 가지는 것은 좋은 일이지만 지나치게 애를 쓰면 피로가 쌓인다. 복잡한 교섭이나 조정 역할은 정신적으로도 지치게 만든다.

일이 잘 진행되면 성취감이 생겨 만족을 느끼게 되고 쌓인 피로도 풀리지만 일이 잘 진척되지 않으면 걱정과 불안에 싸여 의욕을 잃기 쉽다.

경쟁자가 있는 경우에는 더욱 스트레스가 크다. 노력한다고 해서 반드시 보답받는 것도 아니고, 이럴 때는 일을 해도 일하는 보람을 느끼기 어렵다.

직위와 자리가 한정되어 있기 때문에 좋은 자리와 직위를 유지하는 것도 쉽지 않다. 옛날 같으면 일류 기업에 취직하면 평생 직장이라며 좋아했지만, 요즈음은 대기업도 언제 도산할지 모르는 시대가 되었다. 회사가 도산하지 않더라도 언제 구조 조정의 대상이 될지 모른다.

그럼에도 불구하고 50대가 되면 자녀가 대학에 들어가는 등 돈이 가장 많이 필요한 때이다. '정신 똑바로 차려야지' 하고 자신에게 말하게 되는데 이런 것도 스트레스가 된다.

집에 돌아와서도 일을 생각하며 '일을 매듭지어야지, 일을 더해야지' 하면 중압감이 더 커져 그것이 스트레스가 되어 오히려 일에 대한 의욕을 떨어뜨린다.

그러나 일이 힘들면 힘들수록 혹은 일 이외의 스트레스로 힘든 때일수록 기분 전환이 필요하다. 일에 대한 의욕이 솟아나지 않을 때에는 퇴근 후만큼은 일을 잊어버리는 것도 방법이다.

일만 생각한다고 해서 일이 잘 진행되는 것도 아니다. 기분 전환이 되지 않으면 같은 일을 여러 번 반복해서 생각하게 된다. 그러면 지치기만 할 뿐 좋은 지혜가 떠오르지 않는다.

퇴근 후에는 자신이 좋아하는 일을 마음껏 해보는 것이 좋다. 즉 회사에서는 일에 전력 투구하고 퇴근하면 자신이 좋아하는 일을 하는 것이다.

요컨대 '열심히 일하고 실컷 논다' 는 마인드이다. 아이에게도 '열심히 공부해! 열심히 공부해!' 라고만 하면 숨이 막히고 말 것이다. 어른도 마찬가지이다.

효과적으로 기분 전환을 하면 다시 일에 대한 흥미가 솟아난다. 기분 전환을 하면 또 다른 각도에서 일을 바라볼 수 있기 때문이다. 즉 일만 생각하면 발상의 전환이 매우 어렵지만 휴식을 취하고 기분을 바꾸면 좋은 발상과 아이디어가 생겨난다.

음식은 끓이고 나서 바로 맛이 배지 않는다. 식히고 있는 동안에 맛이 천천히 배어들어 제 맛이 난다. 아이디어도 이와 마찬가지다. 뜨거워진 머리를 식힐 필요가 있다. 한번 머리를 식히면 또 새로운 발상이 생겨난다. 그러므로 일을 원만하게 처리하기 위해서라도 일을 떠나 몰두할 수 있는 자신만의 세계를 만들어보자.

50대에는 아직 에너지가 있다. 그러나 지금까지와 같이 앞뒤 생각 없이 덮어놓고 일만 하면 숨이 막힌다. 스스로 기분 전환을 잘할 수 있는 시간을 갖도록 하자.

## 인간 관계가 피곤하고 매끄럽지 못한 때

젊었을 때에는 새로운 사람과 만나면 마음이 두근거리고 설레인다. 그러나 점점 나이를 먹음에 따라 사람 만나는 것이 귀찮아진다. 회사에서 부서가 바뀌어도 젊었을 때에는 새로운 부서 동료들의 이름을 바로 외우고 쉽게 융화되었지만 50대가 되면 이름 외우는 것에도 애를 먹게 된다.

몸이 굳어버리는 것처럼 마음도 젊을 때와 같은 유연성을 잃어버린 채 인간은 어쩔 수 없이 나이와 함께 완고해진다. 정도의 차이는 있지만 완고해지는 것은 어쩔 수 없는 일이다. 젊을 때에는 다른 사람의 영향을 받아 사고방식도 바꿀 수 있었고 세상과 사회에 맞추어 자신의 삶의 방식을 유연하게 변화시킬 수도 있었다. 그러나 50대가 되면 자신의 삶의 방식과 일에 대한 자세를 바꾸기가 어렵다.

그런데 직장에서는 새로운 일이 계속 생기고 신입 사원도 계속 들어온다. 그렇게 되면 여러 가지 인간 관계가 만들어진다. 사람과 사귀려면 상당한 에너지가 필요하다. 건강하고 에너지가 넘친다면 괜찮지만 지쳐 있으면 사람과 사귀는 것이 귀찮아진다.

또 나이를 먹으면 사고방식과 삶의 방식이 완고해지기 때문에 자신을 다른 사람에게 맞추는 것이 어렵다. 그 때문에 사람을 대할 때 아무래도 경계하게 된다.

사람과 잘 사귀는 비결은 상대를 지나치게 경계하지 않고 있는 그대로의 자신을 드러내는 것이다. 또 무리하게 자신을 상대에게 맞추려고 하지 않는 것이다.

처음부터 상대를 경계하면 그것만으로도 피곤해진다. 내가 상대를 경계하게 되면 상대 또한 나를 경계하기 때문에 마음을 터놓고 사귈 수가 없다. 그러면 좋은 관계를 맺기 어렵다. 지나치게 나를 상대에게 맞추어도 피곤해진다. 또 상대를 자신에게 맞추려고 하지 않는 것도 중요하다. 상대 역시 나와 마찬가지로 남의 생각대로만 움직이는 것은 싫어한다. 자신이 의도하고 있는 것의 반이라도 상대가 수용해주면 좋다고 생각해야 한다. 요컨대 상대를 지나치게 경계하지 말고 유연하게 대응하는 것이 중요하다.

인간은 서로 잘 아는 사이가 되면 이심전심 살펴주고 배려해주는 존재이다. 처음부터 상대를 자신의 생각대로 움직이려고 하니까 인간 관계가 부자연스럽게 되고 피곤해지는 것이다. 인간 관계는 조급하게 생각하면 안 된다.

50대라면 사람과 사귀어본 경험이 풍부할 것이다. 그 경험을 활용하는 지혜를 짜지 못할 리가 없다. 자신의 체면이나 고집 따위는 버리자. 먼저 상대를 잘 관찰하여 그 사람의 성격을 파악하라.

인간 관계란 만들어가는 것이다. 요컨대 서로 신뢰할 수 있느냐 없느냐가 문제이다. 신뢰를 쌓기만 하면 대부분의 경우 인간 관계가 원만하게 유지된다.

## 쉽게 해왔던 일도 하기가 어려워지는 때

50대에 접어들면 체력도 기억력도 다소 떨어진다. 이것은 나이가 들면서 생기는 어쩔 수 없는 자연 현상이다. 이처럼 체력도 기억력도 떨어지면 지금까지 쉽게 해왔던 일도 하기가 어려워진다. 이런 처지에 있다는 것이 뼈저리게 느껴지면 자신감도 곤두박질 친다. 스스로 생각하고 있던 자신의 모습과 실제의 자신이 다른 것이다.

40대에는 아직 무리가 통한다. 새로운 일에도 충분히 유연하게 대응할 수 있다. 컴퓨터를 다루거나 휴대 전화로 문자를 보내는 것도 그다지 어렵지 않다. 그러나 50세가 지나 이런 것들을 다루려고 하면 상당히 어렵게 느껴진다.

새로운 일에 대한 수용력이 떨어지는 것을 확실하게 의식하게 되는 시기가 50대부터이다. 물론 의욕만 있으면 컴퓨터도 충분히 다룰 수 있다. 그러나 50대가 되면 컴퓨터를 다룰 수 있기까지 30~40의 사람과 비교해 엄청나게 많은 노력이 필요하다.

그래서 도중에 그만두면 컴퓨터와 휴대폰을 다루지 못하는 자신이 왠지 비참하게 느껴진다. 같은 세대이면서도 컴퓨터를 잘 다루는 사람을 보면 매우 훌륭하게 보이고 부럽다고 생각되어 '왜 나는 좀더 일찍 컴퓨터를 배우지 않았을까' 하며 후회하게 된다.

이럴 때 가야 할 길은 둘 중에 한 가지이다. 하나는 열심히 노력하여 컴퓨터를 할 수 있도록 하는 것이다. 열의를 가지고 몰두하면 다소 시간이 걸릴지라도 컴퓨터를 만질 수 있게 된다. 중요한 것은 의욕이다. 시간을 들여 조금씩 노력해가면 된다. 그렇게 하면 열등감 따위는 생기지 않는다.

또 하나의 길은 자신에게는 자신만의 독특한 멋이 있기 때문에 컴퓨터를 다루지 못해도 상관없다고 마음먹는 것이다. 이는 새로운 일을 모두 거부하는 것이 아니라 '이것은 하지 않아도 돼!', '이것은 도전해보자' 하고 자기 나름대로 여유를 갖는 것이다.

어느 길을 가든 다른 사람을 의식해서는 안 된다. 무슨 일을 하든 자신의 페이스를 지키며 무리 없이 행동하면 된다. 애초 다른 사람이 훌륭하게 보이거나 부럽게 생각되는 그 자체가 자신의 페이스에 어긋나 있다는 징조이다.

원래 기계 다루는 것을 싫어했던 사람이 50대가 되어 그때까지 전혀 거들떠보지 않았던 컴퓨터를 배우기 시작하는 것은 쉬운 일이 아니다. 싫어하는 것을 배우는 것이 꺼려지는 이유가 나이 탓만은 아니다. 그것을 나이 탓으로 돌린다면 도피밖에 되지 않는다. 만약 업무적으로 꼭 필요하다면 시간과 돈을 들여 컴퓨터 교실에 다니며 배우면 된다.

본래의 자신으로 되돌아가서 자기다운 방식으로 일에 대처해가는 태도를 되찾아야 한다. 또 이 세상에 하나밖에 없는 자신을 가능한 한 충분히 발휘하도록 해야 한다.

## '이런 일은 나한테는 무리야' 라고 생각될 때

'오늘은 안 돼! 내일부터 하자!'

이런 식으로 생각하기 쉽다.

'오늘은 귀찮으니까 내일 하지 뭐!'

그 다음날이 되면 어떻게 할까? 결과는 뻔하다. 이렇듯 매일 하루씩 미루다 보면 어떤 일도 시작하지 못하게 된다. 이것이 인간 심리의 이상한 점 중의 하나인데, 자신의 인생이 끊임없이 계속될 것이라고 착각하게 된다. 즉 '내일이 있으니까!' 하며 영원히 내일이 있다고 생각해버린다. 자신이 영원히 살 수 있다고 생각하지는 않지만 내일이 꼭 올 거라고 생각한다.

50대가 되면 노후에 대한 불안과 초조함이 있음에도 불구하고 현실 생활에서는 '내일이 있으니까!' 하고 소극적으로 사는 사람이 많다. 그렇게 되면 60~70대가 되어도 아무것도 바뀌지 않는다.

그렇게 질질 끌면서 '내일 하면 되지!' 가 되풀이되는 사이에 '그때 해두었으면 좋았을 텐데!' 하며 어느 날 후회가 밀려오는 상황이 온다. 그리고 '이런 인생을 택하고 싶지 않았는데…' 하고 생각한다. 그러나 실은 '내일이 있으니까!' 라며 하루씩 미루어 나태

한 생활을 택한 것은 남이 아닌 바로 자기 자신이다.

또 무언가를 시작하려고 하다가 뒤꽁무니를 빼는 경우도 있다. '이런 일은 나한테는 무리야!' 성격이 급한 사람은 이렇게 생각한다. 성격이 급하면 무슨 일이든 바로 해낼 수 있기를 원한다. 그러나 인간에게 만족을 가져다주는 일은 하루아침에 이루어지지 않는다. 그렇게 간단하게 할 수 없기 때문에 흥미가 있고 재미가 있는데도 성격이 급한 사람은 바로 할 수 없으면 '나에게는 무리한 일이야!' 하고 포기하고 만다.

또 '뭔가 시작하지 않으면 정년 후에 아무 쓸모없는 사람이 돼!'라고 생각하여 무언가를 시작해도 의무감에 사로잡히는 사람도 있다. 하지만 이렇게 되면 모든 일이 자신에게 어렵거나 어울리지 않는 일이 되고 만다. 이런 일들은 악순환되므로 발상의 전환이 필요하다.

또 다른 경우는 자신에게 흥미가 당기는 일이 아니면 좀처럼 시작할 수 없으며 시작했다 해도 오래 지속할 수 없는 경우이다. 일을 시작하려면 목표가 있어야 한다. 그러나 너무나 무리한 목표를 설정하지 않는 것이 좋다. 어디까지나 실현 가능한 목표를 세워야 한다.

예를 들어, 먹는 것을 좋아하는 사람이 요리에 도전한다고 하자. 지금까지 스스로 요리를 해본 적이 거의 없다면 요리를 만드는 데 시간도 많이 걸리고 요리 솜씨도 나쁠 것이다. 레시피대로 만든다고 해도 처음에는 요령이 없어 맛도 없을 것이다. 그러나 레시피대로 하여 빈틈없이 만들 수 있으면 그 나름대로 요리를 할 수 있게된다. 자신이 직접 만든 요리에 가족이 맛있다고 칭찬해준다면 하늘에 오른 듯한 기분이 들 것이다.

그런데 완벽을 기하려고, 요리는 칼 놀림을 정확하게 하지 않으면 안 된다고 생각하여 먼저 칼 쓰는 방법에 관한 책을 사서 거기서부터 공부하려고 하면 바로 싫증이 나 '오늘은 그만하고 내일 하자'는 식이 된다.

머지않아 '이 일은 나에게는 무리야!' 하고 그만두고 만다. 이 것은 일하는 방식이 잘못 된 것이다. 그러나 이런 경우가 의외로 많다. 처음부터 완벽을 기대하지 말자.

처음에는 요리 솜씨가 나쁘거나 서툴러도 괜찮다. 자신이 지금부터 끝까지 목표를 가지고 할 수 있는 것에 도전하는 것이 중요하다. 점차 나만의 방식을 궁리하게 되고 그러다보면 마침내 이루어낸다.

흥미가 있으면 먼저 시작해보라. 그리고 그것이 재미있어지면 일단 성공한 것이다. 그 후엔 그것을 계속해가기만 하면 나만의 강력한 무기가 된다.

50대가 되면 무슨 일이든 미루지 않는다. 그렇게 하는 것만으로도 자신의 가능성을 넓혀갈 수 있다.

# 즐겁게 해온 일에 갑자기 흥미를 잃어버릴 때

지금까지 즐겁게 해온 일에 갑자기 흥미를 잃어버릴 때가 있다. 갱년기의 우울과 노후에 대한 걱정 때문이다.

특히 여성에게 이런 경향이 강한데 자녀가 취직을 하거나 결혼하여 집을 떠났을 때 마음이 텅 비어 무슨 일에도 의욕이 생기지 않을 때가 있다. 소위 '빈집 증후군' 이라고 불리어지는 것이다. 아이와 어머니의 유대 관계가 강하기는 하지만 아이에게는 어머니뿐만 아니라 애인이나 친구라는 다른 세계가 있으며 그쪽의 흡입력이 더 강하다.

그런데 전업 주부인 경우 가족이 자신의 세계에서 대부분을 차지하고 있다. 아무래도 아이에게만 치중하게 된다. 아이가 얼마 안 있어 다른 세계로 간다는 것을 머리로는 알고 있지만 좀처럼 그 사실을 현실로 받아들이지 못한다.

이럴 때에는 우선 친구와 이야기를 나누는 것이 하나의 방법이다. 자기 혼자서만 괴로워하면 더 힘들어진다. 마음이 안정적일 때 친구와 만나 함께 식사를 하면서 천천히 이야기를 나누어보자.

같은 세대의 친구라면 똑같은 경험을 해봤을 것이다. "나는 그럴 때 이렇게 했어!'라는 말을 들으면 '나만 그런 게 아니구나!' 하고 기분도 가벼워질 것이다.

자신의 고민을 다른 사람에게 이야기하는 것만으로도 마음이 평안해지기도 한다. 설사 고민을 다 털어놓고 이야기하지 않더라도 다른 사람과 이야기하다보면 기분 전환이 된다. 기분이 우울할 때에는 무엇이든 좋으니까 기분 전환을 하도록 한다.

한 가지 일에 고민하다 보면 온통 그 일에 대한 생각만 하게 된다. 친구와 이야기를 나눔으로써 자신의 마음도 정리할 수 있고 개운치 않았던 기분도 밖으로 내보내어 마음이 상쾌해질 수도 있다. 그러므로 마음이 맞는 친구와 사귀는 것이 중요하다. 취미가 일치하거나 공통의 화제가 있으면 더욱더 친해질 수 있다. 어쨌든 자신만의 고민에 틀어박혀 있지 말아야 한다.

## 이성에 대한 관심이 다시 생기는 때

이성에 대한 관심은 그 사람이 처해 있는 상황에 따라 커지기도 하고 작아지기도 하는데, 일생 동안 그런 관심이 전혀 없는 사람은 없을 것이다.

그러나 50세가 지나면 신체의 변화와 더불어 이성에 대한 관심이 줄어들게 된다. 이는 일뿐만이 아니라 가정을 포함한 여러 가지 일들에 정력이 떨어지기 때문이다. 50대가 되면 신경 써야 할 일이 더욱더 늘어나 가끔 몸 상태도 이상해진다. 몸 상태가 좋지 않고 혹시 내가 암에 걸린 건 아닌가 하고 걱정하기 시작하면 이성에 대한 관심이 생길 수 없을 것이다. 혹은 구조 조정으로 직장을 잃어 가정의 생계를 꾸려가려고 직장을 찾고 있는 사람도 당연히 이성에 대한 관심을 가질 처지가 못 될 것이다.

지금 말한 예는 극단적인 것이지만 50대는 신체적인 질병, 경제적인 문제, 삶에 대한 의문, 가족에 대한 걱정, 또 일과 그와 관련된 인간 관계 등 여러 가지로 신경 써야 할 일이 많은 나이이다.

그런 여러 가지 걱정과 문제가 정리되고 몸과 마음에 여유가 생기면 이성에 대한 관심이 다시 생기게 되는데 이는 자연스러운 일이다. 그것이 젊었을 때와 같이 열렬한 것은 아니더라도 그것 자체로도 좋은 것이다. 그런 의미에서 이성에 대해 자연스럽게 관심을 가지는 것은 절박한 당면 문제는 아니다. 그래서 이성에 대한 관심은 지금의 생활이 순조로운지 아니지를 나타내는 바로미터라고 할 수 있다.

남성인 나의 입장에서 볼 때 어떤 자리에서도 남성끼리 있는 것보다는 여성이 함께 있어야 그 자리가 화려해지고 분위기도 부드러워진다. 남성끼리 있어도 꼭 나쁜 것만은 아니지만 아무래도 재미가 없다. 여성의 입장에서도 마찬가지일 것이다. 여성끼리만 있으면 지나치게 시끄럽지만 거기에 멋진 남성이 있으면 자연히 여성의 언행도 바뀔 것이다.

남성과 여성은 자연히 상대를 의식하게 되어 있다. 자신이 호의를 품고 있는 이성에게 당연히 관심이 향한다. 관심이 향하면 상대도 그것을 의식하게 될 것이다. 그렇게 되면 자연히 커뮤니케이션이 이루어진다. 이는 연애라든지 사랑이라든지 하는 문제가 아니라 자연스러운 커뮤니케이션이다. 이것을 은근히 즐기면 생활에 활력이 생긴다.

상대에게 호의를 품으면 당연히 자신을 어필하고 싶어진다. 자신의 존재를 상대에게 인식시키고 싶기 때문이다. 자신을 잘 보이고 싶어 옷차림에도 신경을 쓰게 된다. 상대를 의식하여 멋을 부리고 싶은 마음은 여성에게는 물론 남성에게도 있다. 멋을 부리는 것은 즐거운 일일 뿐만 아니라 마음도 들뜨게 한다. 그래서 자연히 젊음도 유지할 수 있게 된다.

이성에 대한 관심을 잃지 않고 이성과의 은근한 정서를 즐길 수 있는 사람은 언제까지고 몸과 마음을 젊게 유지할 수 있다.

## 이제까지의 자신과 현재의 자신 사이에
## 갭이 느껴질 때

'요즘에는 어떤 일에도 흥미가 없고 일에도 집중할 수 없으며 여성을 봐도 전혀 가슴이 설레지 않는다…' 이렇게 느낀다면 마음에 틈새가 생겼기 때문이라고 생각하라. 마음에 틈새가 생기면 지금까지의 자신이 없어진 것처럼 느껴진다. 그 마음의 틈새는 이제까지의 자신과 현재 자신의 이미지 사이에 생긴 갭이다. 그래서 지금의 자신에 위화감을 느끼게 된다.

예를 들면 '지금까지는 일에서 보람도 느끼고 너무 재미있었다. 그러나 요즘은 일이 재미없게 느껴진다. 또 일을 열심히 했을 때에는 짬을 내서 골프를 치러 가거나 여러 가지 여흥에 몰두할 수 있었는데 요즘은 놀아도 별 재미가 없다!' 이런 것들이다. 그렇게 어떤 일에도 흥미를 느끼지 못하게 되면 도대체 '내가 어떻게 되어버린 건 아닐까' 하고 놀라게 된다.

여기서 생각해두어야 할 것은 매우 당연한 말이지만 인간은 나이와 함께 변해가는 존재라는 것이다. 그런 것쯤은 알고 있다고 생각되지만 머리로는 알고 있어도 마음으로는 좀처럼 받아들이려고 하지 않는다. 몸과 마음의 변화가 하루하루의 생활 속에서는 그렇게 명확하게 자각되지 않지만 인간은 나이와 함께 분명 체력이 약해지고 또 체력이 약해짐에 따라 기력이 없어진다. 50대는 이미 언급한 것처럼 역시 큰 분기점이다. 이는 인생의 전환점이라고 해도 과언이 아니며 살아가는 방식을 바꾸어야 한다는 신호이기도 하다.

인간은 자신의 부정적인 면을 보고 싶어하지 않는 존재이다. 체력과 기력이 약해져 있는 자신을 인정하고 싶어하지 않는다. 아직 젊다고 굳게 믿고 싶어한다. 그 때문에 더욱더 초조해져 어떻게든 일에 집중하려고 하며 여러 가지 취미에도 도전하려고 한다.

그런데 이러한 무리가 오히려 더 피곤하게 만든다. 결과적으로 옛날처럼 할 수 없는 자신을 더 뼈저리게 느끼게 된다. 초조함이 오히려 마음의 틈새를 크게 만든다.

또 앞에서도 언급했지만 50대가 되면 과거의 자신에게 얽매이기 쉽다. 나이를 먹어 당연히 변했는데도 지금의 자신을 인정하고 싶어하지 않는다. 분명 젊었을 때처럼 할 수 없는 일도 있겠지만 나이를 먹음으로써 뭔가 깊어진 면도 있을 것이다.

사물을 판단할 때 젊었을 때보다 훨씬 더 넓은 시야를 가지게 되었을 것이다. 예를 들어 옛날에는 어떤 일도 별로 깊이 생각하지 않고 바로 발끈하여 화를 내었지만 지금은 상대의 입장을 조금 배려할 수 있게 되었고, 어떤 상황에서도 자신의 감정을 바로 드러내지 않게 되었을 것이다.

변화는 나쁜 면만 있는 것이 아니다. 체력이 약해지면 별로 체력을 사용하지 않고도 일을 잘 진행할 수 있는 지혜가 생기게 될 것이다. 어디에서 힘을 주고 어디에서 힘을 뺄 것인지 하는 포인트를 파악하는 힘도 생길 것이다. 또 젊었을 때와 같은 정열은 약해질 수 있지만 고요한 정취를 맛보는 마음도 생겨날 것이다. 나이와 함께 인간적으로 성숙해질 수도 있다.

50대는 체력적으로 아직 젊지만 자신의 몸 상태에 과민해지기 쉽다. 그렇지만 지금의 상태에 머무는 것이 아니라 이제부터 더 비약할 수 있는 나이이다. 예술가들 중에는 이 나이에 왕성한 창작 의욕을 가지고 더욱이 60, 70대에도 걸작을 완성시킨 사람들도 많다.

독일의 문호 괴테가 《파우스트》 제1부를 완성한 것은 그의 나이 59세 때였으며, 그로부터 23년 후에 《파우스트》 제2부를 완성시켰다. 또 역시 독일의 헤르만 헤세는 50세경에 《황야의 이리》를, 53세경에 청춘과 성숙이 테마인 《나르치스와 골드문트》를 썼다. 그리고 걸작으로 유명한 《유리알 유희》는 60세경에 쓴 작품이다.

마음의 틈새를 느끼는 것은 자신의 내면이 크게 변화하고 있기 때문이다. 이때 변화해가는 자신을 이해하고 그런 자신에 맞는 삶의 방식을 찾아야 한다. 과거 젊었을 때의 자신에 얽매여 지금의 자신을 받아들이지 못하면 지금의 자신을 모두 부정적으로 보게 되고 만다. 지금의 자신을 있는 그대로 받아들이면서 새롭게 한걸음씩 전진해가면 된다. 그러면 자신의 체력에 맞는 생활 방식과 일하는 방식으로 더욱더 새로운 지평선을 열어가게 될 것이다. 그렇게 함으로써 젊었을 때 할 수 없었던 일을 할 수 있게 되고 보이지 않았던 것이 보이게 된다.

## 과거에 얽매이고 장래에 대한 걱정에 휩싸일 때

인간은 과거에 얽매이고 장래에 대한 걱정을 하느라 자신도 모르게 지금이라는 현실을 간과하기 쉬운 존재이다. 실제는 지금의 자신을 살아가고 있는데도 과거 환상 속의 자신을 살아가고 있다. 과거의 자신에게 지나치게 집착하고 있으면 지금의 주체성을 유지하기 어렵기 때문에 살아가는 것이 힘들어진다. 자신이지만 자신이 아닌 듯한 위화감이 끊임없이 의식 속에 있기 때문에 마음에 틈새가 생겼다고 느낀다.

인간에게는 여러 가지 마음의 응어리와 갖은 원망과 굴레가 있다. 이것을 전부 버리는 것은 어려운 일일 것이다. 인간은 감정에 치우치기 쉬운 동물이다. 그러나 인간에게는 지성이 있어 냉정하게 자신으로 되돌아오면 자신이 과거에 어떤 것에 얽매였고 장래의 무엇에 대해 두려워하는지 알 수 있는 존재이다.

과거에 얽매이고 장래에 대한 걱정을 하는 것은 남이 아닌 바로 지금의 자신이다. 인간은 과거도 미래도 아닌 지금이라는 시간을 살아가고 있다. 과거는 예전의 지금이며 미래는 곧 찾아올 지금이다. 그렇기 때문에 자신의 있는 그대로의 모습을 재인식하고 자신

이 어떻게 행동해야 할지, 어떻게 살아야 좋을지를 자문자답해보는
게 좋다.

지금을 즐겁고 풍요롭게 사는 것이 중요하다. 또 지금을 열심
히 살아야 미래도 열리게 된다. 지금을 즐겁고 풍요롭게 사는 것이
앞으로 다가올 장래를 즐겁고 풍요롭게 사는 것으로 이어진다.

50대의 삶의 방식이야말로 그 사람이 지금부터 살아갈 인생의
열쇠를 쥐고 있다 해도 과언이 아니다. 그것은 인생의 종말에 향하
는 것이 아니라 그 사람의 인생을 어떻게 열매 맺게 할지를 결정짓
는 전환점이라고 말할 수 있다.

**타산지석 시리즈**

## "여행보다 더 재미있고 더 리얼하다."
## "여행은 보이지 않는 지도에서 시작된다."

세계 여러 나라의 사람들과 문화를 이해하기 위한 보이지 않는 세계 지도.
단순한 체험기가 아니라 그 문화를 진정으로 체험한 사람의 경험을 통해 나오는
날카로운 철학과 통찰.

※타산지석시리즈는 계속 발간됩니다.

# 아름다운 나이듦 시리즈

## 나는 이렇게 나이들고 싶다 소노 아야코의 계로록戒老錄
소노 아야코 지음 | 오경순 옮김 | 288면 | 12,000원
농익은 내면의 휴식기인 노년에 보다 가치 있는 삶과 행복을 영위하기 위해 중년부터
어떠한 마음가짐과 준비를 해야 하는지 말해주는 책.

## 마흔이후 나의 가치를 발견하다
소노 아야코 지음 | 오경순 옮김 | 256면 | 13,000원
정체된 듯한 중년의 모습을 되돌아보게 하고, 마음 한구석에 중년 이후의 삶에 대한
기대를 품게 만드는 책.

## 좋아하는 일을 하며 나이든다는 것
사이토 시게타 지음 | 신병철 옮김 | 188면 | 9,800원
인생은 보물찾기와 같다. 보물은 의외의 장소에 숨겨져 있는 경우가 많은데, 그것은
스스로 찾지 않으면 찾을 수 없다. 대수롭지 않은 실패 때문에 고민하거나 망설이지 말고
지금 바로 첫걸음을 내디뎌보라고 조언하는 책.

## 큰글씨 나는 이렇게 나이들고 싶다 소노 아야코의 계로록戒老錄
소노 아야코 지음 | 오경순 옮김 | 312면 | 12,000원
2004년 출간 이후 이 책을 읽어왔던 독자들의 끊임없는 요구에 의한 큰글씨판.

## 늙지 마라 나의 일상
미나미 가즈코 지음 | 김욱 옮김 | 248면 | 12,000원
건강한 노년을 위한 구체적인 적응법과 생활법을 전하는 책으로 육체적인 노화에 따른
변화를 어떻게 받아들이고 대처해나가야 하는지를 다룬다.

## 나이듦의 지혜
소노 아야코 지음 | 김욱 옮김 | 176면 | 12,000원
고령화사회 속에서 행복한 노년을 보내는 7가지 정신을 다룬 책으로 외부적 요인에
흔들리지 않는 자신만의 능력을 준비할 것을 강조한다.

## 간소한 삶, 아름다운 나이듦
소노 아야코 지음 | 김욱 옮김 | 168면 | 12,000원
나이듦의 진정한 가치를 전하고, 만년의 미학에 대해 이야기한다.

## 죽음이 삶에게

소노 아야코 · 알폰스데켄 지음 | 김욱 옮김 | 256면 | 14,000원

죽음을 통해서 시간의 귀중함, 사랑과 삶의 진실한 의미를 가르쳐주는 책.
소노 아야코와 생사학(生死學)의 대가 알폰스 데켄 신부가 편지글로 나눈 삶의 가치와
죽음의 본질.

## 후회 없는 삶, 아름다운 나이듦

소노 아야코 지음 | 김욱 옮김 | 176면 | 12,500원

삶에서 가장 소중한 것을 발견하라. 이 책은 '사람이 죽기 전에 꼭 알아야 할,
인생에서 가장 소중한 것'이 무엇인지 환기시킴으로써 하찮게 느껴지는 평범한 현실의
가치를 발견하게 한다.

# 마음을 열어주는 책

## 5차원 부모교육혁명

원동연 지음 / 157면 / 12,500원

가정의 회복이 교육의 열쇠다. 관계를 잃으면 모든 것을 잃는 것과 같다.

## 사람으로부터 편안해지는 법 소노 아야코의 경우록敬友錄

소노 아야코 지음 / 오경순 옮김 / 296면 / 9,800원

타인을 미워하지 않고도 사람으로부터 받은 상처를 극복할 수 있도록 도와주는 책.

## 긍정적으로 사는 즐거움

소노 아야코 지음 / 오유리 옮김 / 276면 / 8,800원

지금까지 상처받았다고 생각해온 것들에 대한 가치관의 반전과 인생의 본질을 꿰뚫는
지혜를 전하는 책.

## 빈곤의 광경 NGO와 빈곤에 관한 가장 리얼한 보고서

소노 아야코 지음 / 오근영 옮김 / 176면 / 12,000원

인간으로서 존엄은커녕 쓰레기 취급을 당하다 굶어 죽어가는 사람들이 공존하고 있다는 사실. 단순한 도움의 대상을 넘어, NGO 감사관의 눈에 비친 빈곤국의 국가 시스템적 모순들과 오랜 굶주림이 낳은 외적, 정신적 폐해들을 낱낱이 보여준다.

## 세상의 그늘에서 행복을 보다

소노 아야코 지음 / 오경순 옮김 / 212면 / 8,800원 청소년추천도서

오랜 작가생활과 NGO 활동으로 전세계 100여국을 방문하고 여행해온 저자가 빈곤, 기아, 질병이 곧 삶인 오지인들의 모습을 통해 그동안 너무나 당연해서 제대로 느낄 수 없었던 행복의 원점과 인생의 본질을 되돌아보게 하는 책.

## 착한 사람은 왜 주위 사람을 불행하게 하는가 위선으로부터 편안해지는 법

소노 아야코 지음 / 오근영 옮김 / 176면 / 9,800원

무난한 인간관계를 위해 우리의 의식에 잠재되어 있는 착한 사람에 대한 강박증이 초래한 불편함과 비본질성을 꼬집는 책. 보다 자연스럽고 편안한 인간관계를 위해 우리가 취해야 할 것과 버려야 할 것을 깨닫게 한다.

## 멋진 당신에게 내 삶을 향기롭게 만드는 기분 전환

오오하시 시즈코 지음 / 김훈아 옮김 / 312면 / 12,000원

몇 번을 읽고 또 읽어도 가슴이 따스해지는 수필집.
우리 생활에서 쉽게 지나쳐버리고 마는 잔잔한 아름다움이 가득 담겨진 책.

## 마음으로 살아요 행복이 옵니다 멋진 당신에게 2편

오오하시 히즈코 지음 / 김훈아 옮김 / 268면 / 12,000원

마음을 다하여 바라본 이 세상에 행복이 있음을 깨닫게 하는 책.

## 약간의 거리를 둔다

소노 아야코 지음 / 김욱 옮김 / 160면 / 9,900원

객관적 행복을 좇느라 지쳐버린 영혼을 위로하고, 나 자신을 속박해온 통념으로부터 벗어나 '나답게 사는 삶'으로 가볍게 터닝할 수 있도록 이끈다.

## 되찾은 시간

박성민 지음 / 256면 / 13,800원

프루스트의서재 책방지기가 잃어버린 시간을 찾아서 줄곧 살았던 동네에 작은 책방을 열었다. 책이 좋아 읽고, 쓰고, 만나고 보낸 진정성 가득한 기록이다.

옮긴이 신병철

한국외국어대학교 스웨덴어과를 졸업한 후 일본 소피아上智대학교 대학원에서
국제관계론을 전공했다. 현재 전문 번역가로 일하고 있으며 다양한 일본 서적을
국내에 소개하고 있다.
옮긴 책으로《지는 것을 모르면 이길 수도 없다人生心得帖》《지금 하지 않으면 언제
하겠는가經營心得帖》《세계는 이렇게 변한다世界はこんなに變わる》《내 마음 좀 알아줘
自分の氣持ちをすなおに傳える52のレッスン》《우리 아이 똑 소리 나게 키우기子どもを
伸ばす每日のル-ル》등이 있다.

좋아하는 일을 찾는다

1판 1쇄 발행 2016년 11월 20일
1판 2쇄 발행 2018년 5월 2일

지은이 사이토 시게타
옮긴이 신병철
펴낸이 김현정
펴낸곳 책읽는고양이 / 도서출판리수

등록 제4-389호(2000년 1월 13일)
주소 서울시 성동구 행당로 76 한진노변상가 110호
전화 2299-3703
팩스 2282-3152
홈페이지 www.risu.co.kr
이메일 risubook@hanmail.net

ⓒ 2016, 도서출판리수
ISBN 979-11-86274-16-3 03830

※책값은 뒤표지에 있습니다.
※잘못 제본된 책은 바꾸어 드립니다.
※이 도서의 국립중앙도서관 출판시도서목록(CIP)은 서지정보유통지원시스템 홈페이지(http://seoji.nl.go.kr)와
국가자료공동목록시스템(http://www.nl.go.kr/kolisnet)에서 이용하실 수 있습니다.
(CIP제어번호 : CIP2016026355)